JN089641

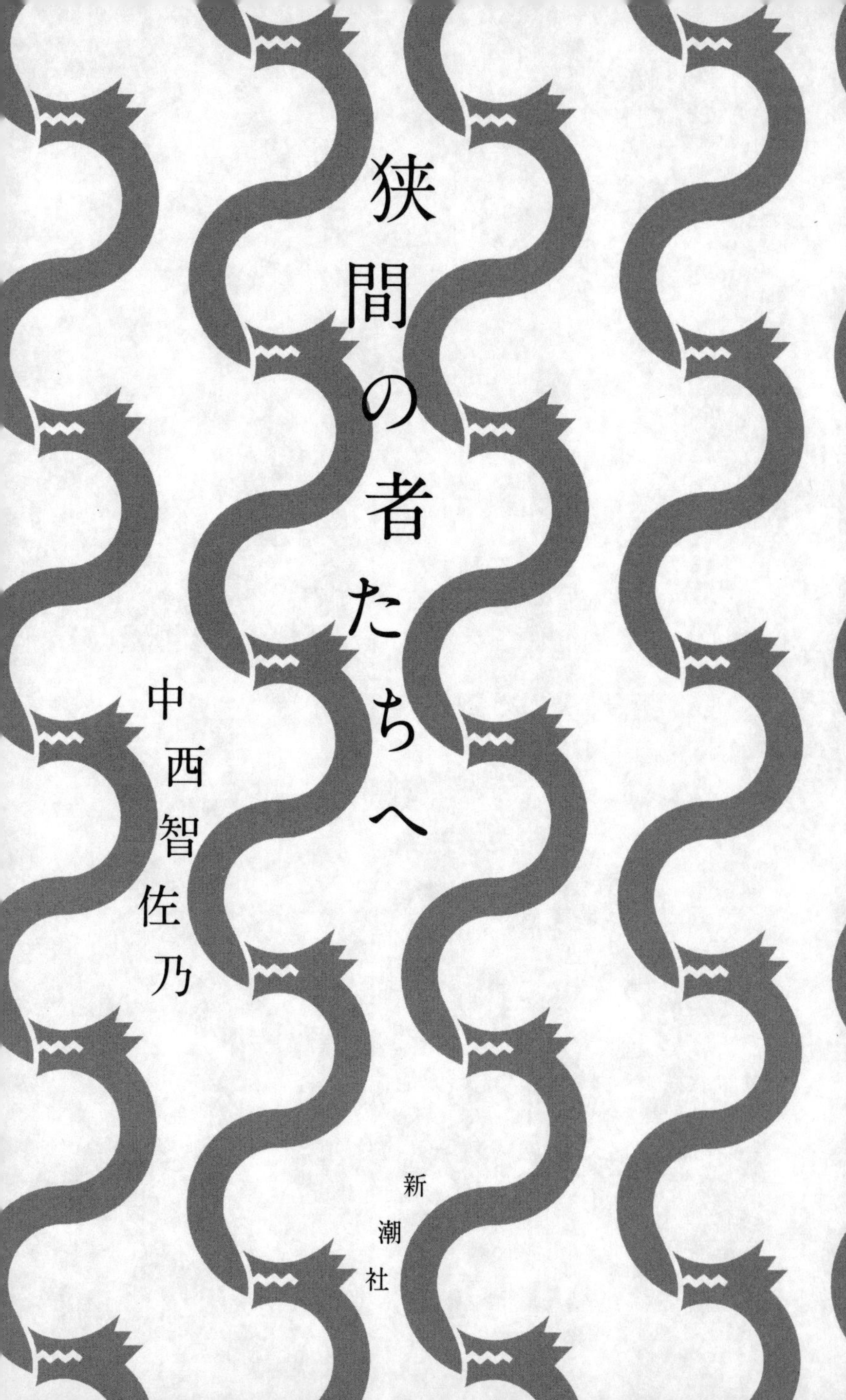

狭間の者たちへ
中西智佐乃
新潮社

狭間の者たちへ

中西智佐乃

新潮社

目次

狭間の者たちへ

狭間の者たちへ

背中で電車の扉が閉まった。大阪の最南部から都会へと向かう車内の座席は全て埋まっており、入って来た扉に向き合った。リュックを身体の前に抱え直してから、スーツのジャケットも一緒に引っ張らないように注意してウィンドブレーカーを脱ぐ。額の生え際に浮いた汗によって痒みが起こったが、両手がふさがりすぐに拭えなかった。ウィンドブレーカーをリュックに丸めて押し入れた時には、開いた窓からの風によって額は半乾きになっていた。うねりが強くなった前髪を、手の甲で持ち上げてから額を引っ掻く。ひどい癖毛で、短くしていても根本が水分を吸うともう駄目だった。

二十年ほど前、一度だけ縮毛矯正をしたことがある。しゃらしゃら落ち着かない前髪を整えてから大学の同級生三人に会った時、それぞれの顔に緊張が走ったのを素早く確認し合ってから、盛大に噴かれた。笑い声が萎んでから、美容師に練習させてくれって頼まれてと半端な作り話を口にし、一か月以内に床屋で短くした。小さい頃からの髪型に戻ったのを見て、これでいいと思った。それ以来、髪型を変えていない。

快速が停まる駅で扉が開くなり、降りたプラットホームの向い側、左斜め前に進む。三両目三番扉乗車位置では、二人ずつ二列になって並んでいる。彼女は先頭にいた。

いつものようにポニーテールにした彼女の黒髪の先が、高校のブレザーを着た背中に垂れているのに、何かが違う気がした。紺のスカートの長さは膝より数センチ上、足首までの靴下は白、茶色のローファーも変わりない。彼女が鞄を肩にかけ直し、キーホルダーが揺れた。キーホルダー——この前までなかった。

二つのキーホルダーが鞄の持ち手につけられている。二つともフェルト生地の手作りのようで、アルファベットが縫われている。一つは三文字、もう一つは二文字。三文字が何を意味しているのかはわからないが、二文字は彼女のイニシャルだろうか。判読が難しく、目を強く瞑って開く。Yが頭にあるようだった。

電車が到着し、開いた扉から前にならって右斜め前に進む。座席の前に立ち、自分の視界左側に彼女の姿を収める。彼女は扉に片方の肩をあてて立っていた。その彼女の後ろにスーツ姿の男が寄ってきた。

自分は後ろに立つのを週に二回と決めている。ショッピングモール内にある来店型総合保険会社の店舗には早番と遅番があり、早番の日しか彼女に会えない。

彼女はスーッ姿の男が近くに立つことを許すだろうかと試すような気持ちになりながら、その実、許されはしないと望んでいる。彼女を離れた場所で意識するようになってから、彼女がたまに周りの人に対し、警戒している様子を感じ取ることがあった。スマホから顔を上げて相手を凝視するといった些細な抵抗が多いが、時には一駅で降りてしまう場合もある。自分にはそういった素振りはない。許されているのだと一年ほど経ってから彼女からの判定を受け取った。

スーツ姿の男はジャッジが下されるより前にスマホに顔を落とし、彼女から距離を取った。もうすぐ彼女から元気をわけてもらえることに唾が溜まっていく。彼女からはいい匂いがした。咲きたての花のような、青みがかった甘い匂い。彼女からの元気を身体に取り入れると心がなだめられ、ごく稀にぼんやりとした熱を足の付け根に熾(おこ)しもさせられる。

唾をそろそろ喉に落とそうとして、やめた。彼女の横を通る時に唾と一緒に飲んだ方が、より濃く味わえるのではないかと試したくなった。

到着駅が告げられ、腹と足に力を入れる。あと一駅。自分の方が先に降りる。その時に彼女の横を通り、少しだけ元気をわけてもらう。マスクを直す素振りをして鼻を出した。マスクにこもった自分のにおいが、マスクをずらしてからより明確になる。鼻で長く吸って吐くことを繰り返し、外の空気と鼻の粘膜を馴染ませていく。嗅覚が蘇り始めた。

店舗の正面左側の壁一面に並べられているパンフレットの乱れを直し、数歩離れて点検した。視線を左に回し、パーテーションで区切られた三つ並んだデスクを見る。一番奥では松田が接客をしており、そこに直角につけられたデスクは無人だった。椅子は全て正しく収まり、汚れているところや気になるところはない。

三つ並んだデスク脇のカウンター扉から中に入り、手前のデスクに座ったところで、松田が大きな声で相槌を打ったのがフロアに響いた。一つ席を挟んだ右隣にいる松田の上半身は半透明のパーテーションに隠れ、椅子に座った短い下半身は突き出ている。今日もずんぐりとした身体にだぶついたスーツを着ていた。

説明しているのは掛け捨ての医療保険で、客である若い夫婦が何の保険にも入っていないと言った時から、松田の声が上擦り始めたのには気付いていた。松田が椅子から尻を浮かせた。逃げられる、と反射的にわかる。

プロ野球の消化試合のように数秒眺めてから、パソコンに目をやった。三月末までの前年度後期の成績表。自分が店長として勤務する大阪南店は、大阪府下の十八店舗中十五番目であったが、十三位以下は団子状態だった。腕を伸ばして足元の鞄から水筒を取る。ここ一年、ルイボスティーを入れてきている。その前は黒ウーロン茶、さらにその前は何であったか忘れた。

店舗前のショッピングモールの通路にエリアマネージャーの中畑が現われ、水筒から口を離す。胸まである長い茶髪を小刻みに揺らして歩いてくる。社内規定を超える明るさで、不潔に見える染め方だった。

「遅くなってすみません」

そう言う中畑に、卑屈過ぎない笑みを返答にして立ち上がった。

バックヤードで対面（トイメン）に座ると、中畑の目の下が隈で黒くなっているのに気付いた。容姿が特別悪いわけではないが、三十代後半は三十代後半という劣化具合で、男の影も見えず、これからも結婚出来る希望はない。

「前期の成績が芳しくなかったことを反省されていることと思います。気持ちを切り替えて、今期も頑張りましょう」

頷くようにみせかけて、視線を落とした。中畑の尖ったハイヒールのつま先がこちらを指している。薄茶色で、踏めばべったりと足跡がつきそうな素材で出来ている品のない靴だった。

「このレジュメ、先月の使い回しですよね」

いえっと短く答え、顔を上げた。「活動欄にテレアポ件数を増やすと書かれていますが、先月も同じでした。具体的にどうやって増やすおつもりですか」「一日のうちにする時間と件数を決めて、その結果を——」

「こんなことを言いたくはありませんが、慈善事業をやっているわけではありませんよ」

中畑が乾いた音をたててレジュメを机の上に放る。煙草のにおいが起こった。そうだった。中畑は吸う女だった。

「誰から、いつ、どの商品を獲得できるか、今、紙に書いてもらえませんか」

二人の客が頭に浮かび、そこで弾切れになる。「藤原さん、このままでいいとお考えですか」中畑が上半身を寄せてきた。顔を上げると中畑の目の下にある黒い隈が迫り、額の毛穴が広がっているのまでありありと見え、咄嗟にパイプ椅子から立ち上がった。金属音が跳ね、中畑の肩がひくついたのが目の端に入る。ビビッたふりのような様子に顔が歪むのを止められず、出入り口に足早で進んだ。

バックヤードから出てすぐ前のデスクにいる松田が振り返った。客はもういなかった。「次の来店予約は取れたか」と聞いた。松田の眼鏡の奥にある目が開いてから、困ったと言うように首を傾げる。やはり今朝は、彼女の後ろに立てばよかったと後悔がひたひた胸に広がった。

娘の泣き声が広がり、スマホから顔を上げた。十か月になる娘は片手をテレビ台につき、もう片方の手にはブロックを握って全身で声を響かせている。きばった後の立ち姿だ。リビングと繋がっている台所に妻の姿はなく、ベランダで洗濯物を干している。肥えたなと思った。もともと肉付きは良かったが、今は自分よりもがっしりとしている。

掃き出し窓をスライドさせると「おむつちゃうかな」と妻は言った。切れのある音をさせて洗濯物をはたく手を止める様子はない。「俺が出来へん方のやつやから、ごめんやけど」と媚びを含めてみる。

「おしっこの時と一緒やよ」

「……悪いんやけど」

妻が疲れた視線を投げつけ、そこをどけと言うようにたるんだ顎先を横に動かした。数歩下がると妻はサッシを無駄に広く開き、素早く通り抜けていった。チョコレートのにおいがして鼻から強く息を抜く。妻がさっき食べていた。開けっ放しの窓を閉め、リビングを見る。

「ごめん、ごめん。洗濯物干しててん」

妻は娘を抱き上げ、足の付け根に顔を寄せ「くっちゃー」とおどけた声をかけている。娘がブロックをしゃぶると「あかんよー」と指からもぎ取った。娘は一瞬表情を無にし、腹をへこへこ上下させ、一気に膨らませて声を張り上げた。遠ざけられたブロックを取ろうと身体を反転させる娘を妻が引きずって元に戻す。不毛なレスリングを終わらせるために、散らばっていたブロックの一つを娘に持たせてやった。

「何してんのっ！」

妻が睨み据えてくる。怯みそうになるのを堪え、「今は俺が横にいとくから」といつもの調子を咄嗟に繕って返した。化粧をしていない妻の眉間に深い一本の皺が寄り、すぐに顔を伏せる。おむつのテープを剝がす音が耳につき、弾力のある熱を孕んだにおいが湧く。

「友達の旦那さんは皆やってくれてんのに」

妻の友達が皆働いていることを、自分が知らないとでも思っているのだろうか。娘の手からブロックを取り、左右に揺らしつつ手の届かない所に置いた。口の中に溜まった唾が粘着質なにおいと混じったように思え、台所へと立ち上がる。

カウンターで姿を隠すようにしてから唾を落とし、すぐに水を流した。換気扇のスイッチを入れ、掃き出し窓を開ける。もったりとしたにおいが鼻の粘膜にこびりついたようで、二本指で鼻をつまんで下に引っ張った。

「それやったら代わりに洗濯物干してくれたらええやんっ」

妻はおむつ専用のゴミ箱の蓋を開き、無理矢理音を立てて丸めたおむつを殴るように押し込み、リビングを出ていった。

娘はぐるんと腹ばいになって手を伸ばしている。その先にブロックがあるのがわかり、駆け寄ろうとしたところで妻がリビングに入ってきた。娘を見るなり、飛びつくようにして抱え上げる。また泣き声が反響し、頭のてっぺんに疼くような痒みが起こった。これからファストフード店に行って昼飯を買って来ようかと提案しようとして、妻が「ええ加減にしてっ」と叫んだ。

「手伝うんやないねん。あんたもすんねん」

わかってると呟き、ダイニングテーブル横の棚にある自動車の鍵に指を伸ばす。

「わかってんならおむつ換えろやっ！」

破裂音がし、脛に痛みが走った。妻がゴミ箱を蹴ってぶつけてきた。横倒しになったゴミ箱のプラスチックの蓋が開き、中身が飛び散っている。娘の泣き声が、部屋を圧迫していく。妻が娘の背中をさすり、その場で膝をついた。

「昨日、お義母さんが来たんよ」

相槌だとかろうじてわかる声を喉から絞る。効果のない駆け引きを妻はする。昨夜、帰って来てから今までに言う時間はいくらでもあった。

「この子を置いて働きに行くんかって」

自分より二つ年上の妻は、短大を卒業してから入社した会社に、臨月まで事務員として働いていた。産休育休を取るのだろうと思っていたが、取らずに辞めた。相談はあった。あったが、辞めるのが前提だった。よくわからなかったので素直に疑問を口にした。妻は「そういうものやねん」と言った。皆取ってへんのか、妻は頷いた、どうして、だからそういうものなんやって、制度としてあるんやろ、妊娠したらやめるの、そんな会社あるか、うちはそうやねん、おかしいって、保育園行けるようになったら働くから、そういうことを言うてるわけやないやろ、かっこつけんなやっ、働いて下さいって頭下げろやっ！

おそらく妻もどうして産休育休を取れないのかよくわかっていない。よくわからない慣習というものは続く。

妻は子供が二歳になれば、パートからでも復帰すると言っていた。自分としては、辞めたことがそもそも想定外だった。口にしたことはないが、妻の給料をマンションのローン返済に充てようと勘定に入れていた。

「私かってどうしても働きに行きたいってわけやないよ」

娘を自身の身体に吸い付けるようにして抱く妻が羨ましい。自分には働く選択肢しか与えられていない。

　金について話をしている時には、両親が所有している田圃を売ってくれないものだろうかとよく考える。

　父は配管工として定年まで働いた後、再雇用で事務員として勤め、七十で退職した。祖父から相続した田でもともと米を作っていたが、退職後は近くで畑を借りてさつまいもや茄子なども作っては近所の市場に卸している。今のうちに売却し、贈与税が発生しない程度に毎年分割でもらいたい。しかし、親族たちが納得しないだろう。先祖代々の土地をどうするつもりかと難癖をつけられる。そもそも、こんな田舎の土地が売れるのかどうかもわからない。売地として看板を掲げられ、固定資産税だけを払い続ける。加えて、市街化調整区域でさえあるのだ。

「お義母さんとは時代が違う」

　妻が娘を前後に揺らし始めた。ふわふわした頬を妻の胸にあて、寝息を立てている。「ベッドに寝かせてくるから、その間に洗濯物干すのを終わらせたら」と提案し、立ち上がった。

　寝室のドアを開けると、昼の光が部屋の中を満たして壁に沿うシェルフに当たっていた。下の段は自分の漫画で埋まっている。最終巻に辿りつくまでに飽きてしまうことが多く、妻から読み返すことがないのなら売ってと何度も言われているが、それは嫌だった。

　ベビーベッドに寝かせる。布団では暑いように思え、薄手の物はないかとダブルベッドの上に視線を投げた。妻の肌布団が一枚、畳まれていた。娘が生まれてからこのベッドで寝ていない。いや、もっと前。妊娠がわかってから。

娘を見た。腹を力いっぱい膨らませてはへこませている。まだこのベッドで寝なくていい。妻の生理は、再開していない。


いつもの乗車位置先頭に彼女はいた。三人挟み彼女の後ろに並んでから、隣の列なら彼女を斜めから眺められると気付いたが、男子中学生の集団が来てしまった。

ついていない。ここに来るまでの電車で、マスクから鼻を出して準備までしていた。彼女の真後ろに立つ、藤色の作業服の男が特に邪魔だ。背が高く、彼女が完全に隠れてしまっている。

電車が到着しても作業服の男だけが彼女の後ろから離れず、そのまま縦に三人並んで乗ってしまうことになった。

リュックの肩紐をかけ直した時に、滲むような痛みが起こり顔を顰める。世間がゴールデンウィークの間、自分の会社は稼ぎ時になるので一日しか休みはなかった。それでも、遅番の日は娘を近くの公園に連れていき、一日あった休みも動物園に連れて行った。ずっと娘を抱えていたのは自分だった。

休み明けの今日を待っていた。いつもより長く彼女から元気をもらいたい。前にいる男が次の駅で降りてくれないだろうか。そもそも、この男は許される側なのか。

男の背中越しに彼女を覗けないかと体重を移動させた。男の隣に肩を入れたところで、男が手にしているスマホ画面が目に入り、二度見した。映っているのは、彼女だった。ポニーテールにした黒髪、うなじ、ブルーのシャツに覆われた背中。画面右上が赤く点灯している。撮影をしているのか——視線を男に這わせ、顔に行き当たったところで、目と鼻の穴が広がった。

男もまた自分を見下ろしていた。

男はだるそうに見えるほどゆっくりとスマホに顔を戻し、撮影を止め、削除した。電車が減速し、男が視線を上げ、自分もつられて窓の外を眺めるが、男側にある身体半分の神経が尖っている。

扉が開き、男は彼女の横を通って降りていった。自分は、乗り込んでくる客の流れに乗り、彼女から離れた。何もしていない残された自分が、男の罪をなすり付けられた気持ちになった。新しい立ち位置を確保しながら、ずいぶん前、中学二年の時にも同じような気持ちになったのを思い出し始めた。

中学の成績は、どれだけ睡眠時間を削って勉強しても平均よりいくらかましというのが自分の位置だった。実家近くに住む幼馴染の健二は、頭が良かった。同じ野球部であり、特別勉強をしている様子もないのに平均九十点以上であることを知っていた。母親同士仲が良く、立ち話で聞いてくるのだ。

中学一年の学年末テストがひどい点数だった時、父に力加減なく殴られ続けられたくなくて、恥を忍んで勉強方法を聞いた。健二は教科書と授業で配られたプリントを復習していると教えてくれた。自分は塾にさえ通っていたのに。健二のような男が、東京に行くのかもしれないと思った。

健二は運動も出来、中学二年からレギュラーだった。真夏の練習試合の最中、自分は健二の背中を見て応援していると頭痛が起こり、立っていられなくなった。当時は熱中症という病名は一般的ではなく、気分が悪くなっただけだろう、先に一人で帰りなさいと言われた。ただでさえ野球が上手くないのに、さらに根性がないとまで広がったら耐えられそうにない。食い下がったが、帰らされた。

都市部とは反対方向に向かう昼間の電車は人が少なく、クーラーがよく効いていた。車両の一番端の座席に座り、揺れに合わせて眠りに落ちていった。

駅名を告げるアナウンスが聞こえた。降りる駅に近いように思え、耳を澄ませたが、もう一度告げてはくれなかった。目を開けたくなかったけれど、乗り過ごすと山を越えることになり、それ以降は一駅が長い。通路を挟んだ向かいの窓の景色でだいたいの位置を把握しようと瞼をこじ開け、息を止めた。

通路を挟んだ目の前の座席で眠っている女の人が緩く足を広げて座っていた。短いスカートから露わになった太ももに何かが載っていた。黄土色の何か。そわりと動き、すぐに眠ったふりに戻った。手だった。女の手じゃない。身体を極力動かさないようにして、また目を薄っすら開いた。やはり、手がゆっくりと動いている。日に焼け、血管が浮いた手の甲、太い指。

指先が立てられ、太ももの上を蜘蛛の足のように動かして、味わっているようだった。太い腕、半袖の白いワイシャツ、ネクタイ、四角い顔。自分の父親くらいの年齢の男だった。男の姿形を見て腑に落ち、同時にどんな男でも腑に落ちないことなどないとも思った。

男の手がさらに中に入っていこうとして、唾を飲み込んだ。その音が身体の中で響き、気付かれるかもしれないと目を瞑り、待ちきれず開けた。蜘蛛のように動く手がスカートの中にひそもうとしたが、電車が減速し始めた。女の人の上半身が、男とは反対側に大きくぶれた。男はさっと立ち上がり、違う車両に早足で歩いていった。

強く目を瞑った。心臓がばっくん、ばっくん膨らんでは萎み、肺を内側から突き上げた。

電車が停まり、自分はたった今起きたと言い訳するように目を開けた。女の人は両腕で自身を抱いていた。膝を強く閉じ、小刻みに震えているようだった。気付いていたのだ。

治まらない心臓の動きに、あと一駅耐えなければならなかった。女の人を決して見ないようにして、自分も自身を抱いて眠ったふりに戻った。


松田が接客をしている。他に客がいないのを確認して店舗の前で息を整えた。二時間ほど前に松田から遅番の石崎が発熱で休むので、代わりに来て欲しいと連絡があったのだ。フロアに響いている松田の声を耳にしながらバックヤードに入る途中、松田の背中越しに客を一瞥した。おそらく親子と思われる女性の二人組で、積み立て型の年金保険の話をしている。

「今、お金が必要というのもよくわかりますが、将来だって必要になります」

今期に入って獲得が一件もない松田のために、中畑が行った勉強会で使っていた言い回しだった。松田は気に入っているのか、よく口にする。松田の声でこの言葉を聞く度に、やめておけばいいのにと思う。言葉は人をとても無邪気に選ぶものだと、営業職に就いてから知った。

バックヤードに半身を入れたところで、パートの女性がトレーに載せたペットボトルの水をかたかたさせながらやって来た。

「お疲れ様です」

ペットボトルを今にも落としかねない不安定な音から逃れるように道を譲る。パートが会釈して通り過ぎていく。客が席について十分程度経ってから持って行くように指導しているが、松田の説明内容から推測するに一時間は過ぎているようだった。

ホワイトボードに貼られたシフト表の横に端正な文字で、本日石崎さんお休み、藤原さん遅番出勤連絡済みとある。松田の字だ。石崎が何故休むのか、理由は書かれていない。

発熱したと聞いている。石崎が急に休んだのは、自分が転勤してきて初めてだ。消毒液を掌に受け、アルコールが揮発したにおいに思わず手を遠ざけた。

アルコールが駄目だった。初めて口にしたのは高校一年、地元の夏祭りで中学の同級生たちが偶然集まった時だった。

府営の緑地で祭りは行われた。高校は違ったが健二と待ち合わせ、行き道で数人に会い、祭り会場で着飾った女子たちのグループに健二が話しかけられ、ポケベルを持っている者が知り合いに連絡し、同窓会のようになっていった。

祭りの会場から外れの、蛸の滑り台がある広場にぞろぞろと集合した。女子たちは中学の頃より積極的になり、ぐっと垢抜け、それにつられて男子は声が大きくなり、使う言葉が意図的に方言が強く、粗野になっていった。女子たちは心得ていると応えるように黄色く笑った。

数人から煙草の煙が上がっていた。吸い慣れていないのが一目でわかるぎこちない仕草だったが、恰好が悪いとは全く思わなかった。

誰かがコンビニのレジ袋一杯のビールや酎ハイを買って来た。全員分あるわけではなく、回し飲みになっていった。輪のはしに立っていた自分のところにビールがやって来た頃には、缶の中身は半分以下だった。べとつく缶の表面には砂さえついていたが、それでも口をつけた。

緩くなった炭酸が頰の内側に触れ、舌に苦みが広がり、喉を通ると、どくんっと身体が跳ねた。食道が逆立つのを初めて感じた。胃が急激に萎縮し、せり上がって来たものを頰一杯に溜めた。見られてはいないかと首を回したが、全員が自分に背を向け、健二を含んだ男子グループの寸劇に夢中になっていた。輪の中で男子は声を上げ、踊るようにおどけていた。

誰にも気付かれることなく、広場の隅の草の上に口の中の物を吐き、残りのビールも土に吸わせ、輪が解けるまでビールが残っているという風に空き缶を握り続けた。

松田の焦った声が壁越しに漏れ聞こえて来た。「今から貯めておくに越したことはありません」さっきの娘の方の客は、社会人になって数年目という感じだった。これから、結婚、出産、育児、介護、老後が待っている。人生のチェックポイントを塗りつぶすには金がいる。

フロアに戻るとパートが冊子を手にした客の対応をしていた。相手は高齢の女性だった。色褪せた橙色のシャツが、金がないことを物語っている。綿埃のような疲れが積もっていくのを感じながら、元気が欲しいと思う。

いつも週に二回は彼女からわけてもらっていた。それがこの一週間、藤色の作業服の男が気になり彼女に近づけていない。男がまた彼女に近づいていないか気になる反面、その男に会いたくなかった。誤ってムービー機能を起動させたようには思えず、あんなに上手く彼女が画面に収まるとも考えられない。

自分が彼女の後ろに立っているところを作業服の男に見られたとしても、別にかまわない。電車の中では誰かが誰かの近くに必ずいるものなのだ。頭ではわかっているが、もし男に知らぬ間に見られていたらと想像すると、じっとり嫌な気持ちになる。

老婆がフロアから去っていく。自分の母親よりも歳が上のようだが、まだ老婆が働いている姿が容易に想像できた。あの老婆には老後がない。保険をかける金も、きっと最期までない。

味噌汁と炊きたての米のにおいが漂っている廊下を抜け、リビングに入るとすぐに母が小さく叫んだ。

「ただいまくらい言うてや」

パーカーを手前にあった椅子の背にかけ、洗面所に入った。手洗いうがいをする。白くつるりとした洗面台は、自分のマンションのと変わらない輝きを放っている。父の退職金で水回りをリフォームした。次は台所を考えているらしい。好きにしたらいいと思う一方で、その金を残して欲しいとも思ってしまう。二人とも亡くなったら、自分にこの家に住むことを両親は望んでいるようだが、妻は住むつもりがない。

「父さんは」

「裏の倉庫」母は答え、カウンターの上に味噌汁とごはん、卵焼きを置いた。テーブルに移し、味噌汁を飲む。馴染んだ味が舌に広がっていく。妻が作るものを不味いと思ったことはないが、違うとは思う。味噌汁のなめこを口に含む。好きな具だが口にしたのは半年ぶりだった。

母はグラスに入った麦茶を自分の前に置きながら、妻は来ないのかと聞いてきた。麦茶も味が違う。妻のは水くさい。

「子供がおるから」

「そうか」

「どこでうつるかわからへんし」

「そうやなぁ」さっきの相槌とは違い、納得が含まれる。妻に田植えに来るかと聞いたら、低い声を響かせて、うつったら怖いよなぁと娘に呟いた。先日大型ショッピングセンターに娘を連れて三人で行ったところだった。母が娘の名前を口にして、「元気にしてるか」と聞く。

スマホの画面に娘の動画を呼びよせてやった。一週間ほど前、大きな犬の着ぐるみが人気のテレビ番組を流していたら、はしゃいでいる様子で娘が手を上下させていたのだ。母は眼鏡のつるを持ち上げ、スマホを上から覗く。母の嬉しそうな声を聞きながら、今朝方、とうとう夢にまで現れた彼女のことを考える。

彼女のブルーのシャツから背中のラインが浮いていた。電車は動き、一駅目に着こうとしているのに匂いは来ない。彼女にじりじり近づいた。いつの間にかぴたり寄り添い、背中の硬さを胸に感じた。まだかと思った。まだか、まだか、膝を曲げ、彼女の背に鼻を押し付けた。匂わない。今度は口を押し当て吸った。シャツの皺を舌に感じるだけだった。背中の肉に歯を立てたところで目が覚めた。

母が勝手に画面に触れようとしたので、スマホを手の中に戻した。母が口を曲げる。「今度写真を携帯に送るから」母は拗ねた顔のまま、食べ終わった食器を持って台所に戻った。

「もうすぐ一歳になるんやもんなぁ」

妻に自宅での誕生日会の飾りつけをねだられた。積極的な返事をしないでいたら「ちょっとくらいええやろ」と怒る直前の緊張を孕んだ声で呟かれた。妻にとってのちょっとは四千円程になった。年収を労働時間で割った時給に換算すると一時間半ほど。時給と言っても、高校、大学に通い、不動産会社に就職し、今の保険会社に転職した。四十年の人生をかけた時給だった。

テーブルの上に置かれたおかきを手に取り、口に入れる。おかきは久しぶりだった。妻はチョコレートが好きなので、そっち系統ばかりが家にある。その上、一箱数千円するチョコレートを買って、ご褒美だと一人で食べている。何に対するご褒美なのか聞けない。

「一歳になったら、次の子も考えんとね」

おかきを嚙み砕いた。大きな音が鳴ったのが返事のようで、そのまま咀嚼し続けた。

長靴に履き直していると家の前に軽トラックが止まった。窓が開き、健二が顔を出す。頭にタオルを巻き、切れ長の目に、マスクは顎下までずらしている。「久しぶりやなぁ」と白い歯を見せて笑った。ぱっと明かりがついたような笑顔は、幼少の頃から変わらない。

「祐輔のとこは今日なん」

近づきながら頷く。健二のところは専業農家で、田植えに五日ほどかかるのだとずいぶん前に聞いたことがある。

「健二のとこはいつなん」

「来週」と嬉しそうに笑う。健二は中学の頃から彼女がいた。クラスの女子がこの笑顔が良いとひそひそ話をしているのを耳にしたことがある。

「せやけど、田植え終わっても次は水茄子の収穫や」

「もう始まってんやろ」

「ぼちぼちな。そろそろ人に来てもらわなあかんわ」

「手広くやってんやなぁ」

健二は笑顔のまま首を振り、薄利、薄利と繰り返してから、またガレージでバーベキューするから来てやと言って軽トラを走らせていった。健ちゃんとこの家、また田ぁ買うたんやって、と母に去年聞かされた。

裏の倉庫の外では、父が苗を田植え機に載せているところだった。丸型の顔でてっぺんが禿げ、サイドにうっすらと髪が残り、背が低く全体的に肉が付いている。小さい頃は、父に似ていると周りの大人から言われ続けてきた。大人が子供にする挨拶の一つのように思っていたが、自分が大人になったら、知り合いの子供らに対して本当にそう思って使うようになっていた。

「さっき誰かと話してなかったか」

「健二」父がふんっと強く鼻から息を抜いた。

「あそこのおやっさん、兄貴の方が今年も戻ってこんて言うてたわ」

健二の兄貴は東京の大学に行ってしまった。健二も頭が良かったが、両親に東京の大学に行くことを反対され、実家から通える範囲で偏差値の高いところに行った。農業を学び、大学院にまで進んだ。苗のパレットの前に立つ。父は倉庫の壁にもたれ、煙草をポケットから抜いた。すぐに香りが漂ってくる。煙草は娘を妊娠する前に妻に止めさせられた。今日のような休憩を挟みつつ身体を動かす日には吸いたくなる。しかし、吸わないと決めている。

「ほんまは兄貴に継いで欲しかったやろうにな」父が煙を吹く。以前、兄貴が定年になったら戻って来るらしいと両親のどちらかから聞かされたことがある。そのための土地が健二の家にはあるとも言っていた。

「お前みたいな、行っても行かんでも一緒みたいなあほな大学で良かったってことがあるもんや」

ほんの少しだけ期待していた他人の不幸に、暗い愉快さが隠せない笑いを父が立てる。健二とよく比べられた。その健二は四年ほど前、雇っていたパートと不倫をしていた。今も続いているのかわからない。二人でコンビニにバーベキューの追加の買い出しに行った時に聞かされた。健二は酷く酔っていた。頭が良くて、笑顔がいいとここまで恩寵を受けるのかと思う一方で、兄貴が将来帰ってくるのだから、人生でこれくらいの息抜きも必要だとも思った。

父が煙草を足元に投げ、靴の裏で消した。「これ終わったら村の集りあるさかい、間に合わさんとな」両肩を回して倉庫に入って行く。自分も行く。ゆくゆくは父なしで田植えをしなければならない。その時はきっと、一人なのだ。健二の気持ちがよくわかる。息抜きのようなものがなければ、乗り越えていけない。


大学を卒業し、不動産会社に就職した。就職先があっただけましだった。朝七時には会社に着き、帰宅は十時だった。休日は水曜だけで、眠って終わる。昼食は食べる時間がないのに朝と夜にドカ食いをするようになって、体重は増えていく一方になった。

就職して二年目の夏、地元の友達と公園で飲んでいた。同級生たちの大声の会話に耳をそばだてながら、自分の会社での成績をあげるために、誰か一人暮らしをする予定の人を知らないかと聞くタイミングを計っていた。その場にいた友人たちは、実家から出るつもりがないことをわかっていた。

「飲まへんのか」健二が缶ビール片手に横に座った。健二はまだ大学院生だった。自分は半分以上中身が残っている酎ハイの缶の中に、煙草の灰を落とした。

「よう吸うなぁ」

笑いを返した。吸っていれば、酒を勧められることが減ると学んでいた。大学の飲み会で一気飲みを強制されることが多かった。飲めないと言うと、それが前ふりのようになって飲まされる。

居酒屋、駅、公園のトイレに粘り気のある液体を落としながら、もう行かないと思うのに、飲み会の誘いがないと自分から聞いてしまうのだ。

大学一年目の終わり、いつものように一気飲みをさせられた。トイレに走り、人差し指と中指を喉の奥に突っ込んだ。入学したての頃はこうはいかなかった。喉の奥に指を入れれば吐けると知っていたが、そうしても唾ばかりが便器に落ちていった。視界がぶれ始め、金属同士がぶつかる高音で両耳が塞がれた時、左手で右手首を摑み、がむしゃらに指を喉に押し入れた。途端、スイッチに触れたかのように胃の中の物が逆流した。

この頃には簡単にスイッチを探せるようになっていた。胃が持ち上がり、食道が搾り上げられ、舌の上をざらりと通って異物が流れていく。心臓の警告が鳴り止み、生臭い息をつき、落ち着きを取り戻すのだった。今夜の勤めは終わったと席に戻ったら、遅れてやって来た先輩がいた。

その先輩が一気飲みを見ていないと言ったのだ。勘弁してくださいよぉと語尾を伸ばしながら、もう一回いけるかと自身に確認を取るより前にジョッキを渡された。

席に戻ったら、また違う先輩が遅れて来ていた。謀られているとこの時気付けば良かったのだと思う。三杯目、上手く吐けなくなっていた。白い便器の中に赤い線が浮いていた。足がふらつき、体当たりするように壁に身体の側面を預けた。手を伸ばし、指先で手前に弾くようにして蓋を下ろして座った。まだいけると思った。以前、酔いが回り過ぎた時にトイレの床に尻もちをつき、ズボンを誰かの尿で汚したことがあった。その時よりかは、まだしっかりとしている。背中にトイレの陶器の冷たさがシャツ越しに滲みたのが気持ち良く、しばらく目を瞑った。

席に戻ったら全員いなくなっており、自分の鞄は店員に預けられていた。どうやって帰ったのか詳細に覚えている。一つ一つの動きを確認し続けた。足を置く位置、前からくる自転車、横にいる大学生の団体、休憩はいるか、もっと水を飲んだ方がいいのか、トイレはどこか、動かない頭を働かせ、家に辿り着いた。深夜で、両親は眠っていた。暗い台所で頭から水を浴びた。

年次が上がり車に乗れるようになってからは、送迎をかって出て飲まされることはなくなった。煙草を覚えてからはさらに居場所を築けた。

健二が缶ビールをあおり、喉が動いたのを見て唾を飲む。本当は喉が渇いていた。

「誰か一人暮らしするってやつ知らんか」

友達の四人から笑い声が上がった。女の子に酷いことしたらあかんぞ、と誰かが笑いながら言い放ち、大丈夫、嫌がってなかったからと相手はさらに大きな声で覆い隠す。あいつらは何人としてきたのだろう。自分はまだ女を知らない。健二は彼女とどうなのか聞こうとしたら、言葉は喉の奥から腹に滑り落ちた。

街灯で照らされた切れ長の目に、哀れみと多くの蔑みがブレンドされていた。煙草で口をふさぎ、煙が震えそうで強く吹いた。

「営業成績とかあるんか」「当たり前やろっ」間髪容れずに言い切り、鼻から抜ける笑いを足した。働いたことのない健二への嫌味だったが、上手く笑えたことに心地よさを感じた。どれだけ頭が良くても、まだ税金を払っていない。「そらそうやな」健二はポケットから携帯を取り、断りを入れて立ち上がった。もしもしと呟いた声に女だと直感した。

また友人たちから爆発的な笑い声が上がる。ひどいやっちゃなぁ、そんなことないって、めっちゃ喜んでた、仕事やからしてくれたんやで、ええなぁ、どこの娘、新地や、どこの新地、何ゆうてんねん、いつものとこやないか、贔屓にしてるとこか、せや、行こかな、お前と一緒って嫌やわ、共有や、ええもんはみんなのもん、みんなのもんは俺のもんなんやろ、どっと笑い声が上がる。

友人たちの笑わなくては話せない話を、新しい煙草に火も点けず、聞き入った。

水曜日、友達が話していた新地にいた。車を近くの駐車場に停めた。この辺りを通りかかったことはあったが、歩いたことはなかった。

小ぶりの旅館のような建物の引き戸を滑らせると、ピンポーンと突き抜ける音が自動で鳴り、慌てて入った。玄関の脇にある、年季が入った木製の靴箱にスニーカーを入れ、百均で売っているようなぺらいスリッパを履いた。

案内の男がやって来て、蛇腹の仕切りで区切られたスペースに通された。椅子と机が置かれ、机の上にはバインダーが載っていた。案内の男がバインダーを開く。店の手順、注意事項、料金設定などをファイルに沿って丁寧に説明してくれた。

案内の男が「おすすめはこの子です」と言うのが、説明が終わる合図のように思え、「それで」と選ぶ前に軽く頭を下げた。スタイルとちょっとした性格などが書かれていたが詳しくは読めなかった。吟味している様子をさとられるのが恰好悪いことのように思えた。案内の男は二階にある部屋番号を告げ、その場を離れた。

四つ並んだ部屋の左から二番目に入った。ベッドと物入れしかなく、消去法でベッドの上に座った。薄暗い照明の中、膝の上に肘を置き、足の間で両手を組んだ。掌がひっつくほど汗をかいていたのをよく覚えている。ドアの開く音と共に女の子が入って来た。自分の腰が浮いた。胸元にレースがついた長いキャミソールを着て、小柄で髪が長かった。いい匂いがすると思った。それまでの人生で取り入れたことのない匂い。色の濃い花が発する、熟した甘い匂い。

「あーちゃんです。よろしくお願いします」

自分でもぎこちないとわかる笑いを返してから、中腰であることに気付き、膝を伸ばした。あーちゃんはとろけるように笑った。泣きそうになった。あまりにも可愛かった。

後ろからしている最中、あーちゃんの匂いは濃くなった。もっと欲しいのにどうすればいいのかわからず、あーちゃんの背中に鼻をつけた。鼻先がぐにりと曲がり、硬かった。若い女の背中が硬いと知れたのは、あーちゃんのおかげだった。

彼女の後ろに誰もいないことが遠目でわかり、大股で進んだ。彼女の真後ろに立つ。静かな安堵が満ちていく。安堵と喜びはほとんど同義のようなものなのだなと新鮮な軽い驚きを覚えた。

さっきの電車の中で鼻を出して準備をしておいた。マスクのふちに当たる呼吸音が速くなっている。冷静になろうと努め、それとなく周りを探ったが藤色の作業服の男はいなかった。この一週間の早番の日には、遠くから彼女を観察していたが男は現れなかった。男もまた自分を警戒しているのかもしれない。

電車の到着と共に強い風が流れる。勢いよく鼻から息を吸う。彼女の匂いがした。彼女との間に人が入り込めない距離を保ちながら電車に乗った。彼女が扉から少し離れて立つ。あぁ、夏が近い。彼女からたった今わけてもらった元気に、日焼け止めのにおいが混じっている。背中を誰かに押され、自然、彼女に近づく。スマホに顔を落とす彼女の襟の隙間から肌が覗いている。メッセージのやり取りをしている画面がちらちら見える。スタンプは少なく、文字が多そうだった。はしゃぎ過ぎることのない印象を画面から受ける。静かに、長く、元気をもらう。彼女に巡り会い、夏が好きになった。匂いが濃くなっていくのだ。濃くなると、どうしてもあーちゃんとの最中が生々しく浮かんだ。息を止める。下半身が重くなってきている。鼻を上に向け、開いた窓からの風によって薄められたクーラーと他人の湿気に集中しようとした。しかし、彼女から発せられる元気が身体に纏わりつき、敏感になった鼻が勝手に取り入れようとする。後ろに体重をかけるとすぐに誰かに触れる。右にも左にも数センチの距離で人がいる。苦しくなって息を吸った。元気の源が肺一杯に広がる。さらに吸う。元気をもらっている、いや、もらってなんていない。ただ空気を吸っているだけ。口の中に溜まった唾を飲み下す。下腹部に集まった熱が形を持とうとし始める。苦しさにリュックの肩紐を強く握り、それでも、思い切り、静かに肺を潤す。彼女が顔を上げた。電車が揺れ、彼女が後ろに下がった。右の手の甲に彼女の熱を感じたが、当たらなかった。あと少しだった。彼女の硬い背に触れられたかもしれない。あーちゃんのようなのだろう。硬く、吸い付くように湿っている。腰が重い。ちょっとだけでいい、確認したいだけ。肩紐から手が離れる。硬いのかどうか、知りたいだけ。右手が熱くなった。視線を動かすと、飛び出す声を抑えるために咄嗟に強く奥歯を噛んだ。日に焼けた男の手があったのだ。

男の手を振り払おうとするよりも前に、男の手が自分の右手を握るようにして強く力を込めてくる。骨が痛むほどの強さに、静かにしていろと言われているようで、動けなくなった。電車が減速し始め、握られている手の力も緩む。扉が開き手が離れた。首を回すと男がいた。藤色の作業服の男だった。

作業服の男は自分を見ずに降りていった。握られていた右手を下ろすと腋の下がひやりとし、背筋が伸びる。振動が伝ったのか彼女が振り返ってきそうになり、閉まりかけの扉をすり抜けた。

プラットホームから離れようと上り階段に足をかけた。上にいる作業服の男の背中が視界に入り、男が立っていた位置から自分がどう見えていたのか思い浮かべ、ハッと自分の下半身を見る。顔が燃えた。スラックスの上からでもわかる。男の背の高さを考えると全てを把握されている可能性が高かった。

作業服の男は一定の足取りで進んでいる。撮られてはいなかっただろうか……角度によっては、自分が彼女に触れていたようにも映ってしまっているかもしれない。

男が改札を通った。広い駐車場のあるコンビニが駅のすぐ横にあり、その車避けのポールに男は腰をかけた。男が顔を上げ、自分を見た。そのままズボンのポケットから煙草を取り、火を点ける。マスクの下から現れた口の周りに髭が伸びている顔は、三十代にいくかいかないかくらいのようだった。男が煙を飛ばし、「何ですか？」と落ち着いた様子で尋ねてきた。

「止めない方が良かったですか？」

標準語だった。口から大きく息を吸い「この前、撮っていただろう」と聞いた。男と目が合い、逸らされる。

「今日もっ」と口を衝いて出た声があまりに大きく、駐車場に響いた。男はポールから腰を浮かせ、自分も口をつぐんで周りを見る。誰もいなかった。男はまた煙草を吸い、煙とともに「あの子の近くにいること多いですよね」と言った。

男が同意を求めるように首を傾げる。マスクの下で自分の唇がひくつく。考えていた以上に観察されていたのかもしれない。男が彼女のキーホルダーにあるアルファベット三文字を口にした。

「自家製のアイドルグループのキーホルダーつけている子」

さらに二文字のアルファベットを続ける。「それは、」と自分が呟いたのに男がフルネームらしきものを被せた。外国名のようでよく聞き取れず、「何て?」と思わず聞いた。

「そのアイドルグループのメンバーの一人」

そんなことも知らないのかと呆れた様子で携帯灰皿に煙草を押し付ける。彼女のイニシャルではなく、彼女が好きなアイドルのイニシャルだったというのか。

男が首を伸ばした。つられて男の視線を追う。白いバンの運転席から、男と同じ藤色の作業服を着た男が降りて来る。加えて駐車場の出入り口から、藤色の作業服を着た男が二人、白いバンに寄っていく。

「触ったら、ガチでアウトです」

はっきりとした男の声に顔を向ける。念押しをするようにじっと自分を見てから、マスクを直して行ってしまった。自分は他の藤色の作業服の男たちに顔を見られないように俯いて駅に戻りながら、違うと思った。そんなことをするつもりはない。ただ、確かめたかっただけだと言いたかった。

店舗の最寄り駅からショッピングモールへの人の流れに乗っている途中で、ポケットのスマホが震えた。周りの迷惑にならないように歩く速度を徐々に落としながら、画面をタップすると石崎からメッセージが来ていた。

体調が悪いので休ませて欲しいという内容だった。親指で石崎とのメッセージのやり取りをスクロールする。三日前も同じ内容のメッセージが来ていた。昨日出勤していた石崎は、顔に血の気がなく、髪もボサボサだった。具体的にどう悪いのかを教えてくれていないが、妊娠しているように思う。

自分が入社したての頃、教育係だった女店長は妊娠が発覚してすぐに辞めた。成績はいつも上位であったのに、最後はあっさりとしたものだった。一つの紙袋に荷物をまとめ、贈られた花束は店に飾って欲しいと持って帰らなかった。

以前、妻が「私かってどうしても働きに行きたいってわけやないよ」と言った言葉が蘇る。反対の立場ならば妻は何と言うのだろう。性別が逆で自分が家のことをして妻が働く。その上で、自分がどうしても働きに行きたいわけではないと娘を抱きながら訴えたのなら、妻は自分を許すだろうか。

たとえ性別、役割がこのままであったとしても妻は育休を取ることすら許してくれないのではないか。今の会社には男性にも育休はあるが、収入はやはり減ると聞く。石崎の場合はそうじゃない。産前六週間、産後八週間分の給与は発生し、その間は働いているとみなされ賞与額に変動はない。その後は給付金が振り込まれるが、夫は働いているのだ。

　子供が生まれた同僚の男性に話を聞いても、誰も育休を取っていない。周りだって本当に取得するとは誰も思っていないから、仕事は普通に積まれていく。きっとこれから政府の働きかけで取得が促進されるのだろう。法律が厳しくなるか、男性育休取得率が高い会社には補助金が支払われるようになるか。どのみち今ではない。

　石崎よりも自分の方が休みたい。作業服の男に撮られていたのか、いなかったのか。あの日から三日が過ぎた。電車の時間、車両を毎日変え、会わないように注意を払いながら通勤している。


　もし仮に撮影されており、尚且つ彼女を触っているように映っているとしたら、その動画の使い道は一つしか思い浮かばない。金を強請(ゆす)るというものだ。金を要求してくるのだとすれば、コンビニ前で対面した時にしたはずだが、作業服の男は強請ってはこなかった。男が自分を止めた意図がわからない。それが余計に気持ち悪い。

　足が止まっていた。日陰はなく、直射日光が頭上から降り注いでくる。どこかでアイスコーヒーを飲みたい。ショッピングモールの中に、スタバもマクドもある。額に浮いた汗をハンカチで拭おうとして、右手でズボンのポケットから取ろうとしたら落とした。

　どうしてと疑問が湧く。どうして、あの男は止めたのだろう。止めずにそのままにしておけば、自分はおそらく彼女の背中の硬さを確認していただろう。

触ったら、ガチでアウトです。そんなことはしない。彼女が悪いのではないか。あの女が無防備に匂いを撒かなければ近くに立ち続けることはなかった。電車の中で女の太ももの上で、蜘蛛のように手を動かしていた男とは違う。自分は違うのに。勘違いまでされて、あの女はどうしてくれるというのだろう――

手の中でスマホが震えた。松田からメッセージが来ていた。「石崎さんがお休みと聞きました。遅番出勤可能ですが、三時間ほど遅れて出勤します。」目の中に入りそうになった汗を、手の甲で拭う。松田のくせに予定がある。休みの日に何をしているのか知らないが、すぐに出勤出来ない時がある。自分が若い頃は、休日でも呼び出されたら、どんな状況でも会社に向かった。今は誰も、何もかもをおいてすぐに出勤してこいとは言わない。この時代に働いている若者は得だと思う。それを目の当たりにすると、若い頃の自分が可哀想でならなくなる。その上、松田は休日出勤をする時に、今回のように遅れたとしてもすみませんと謝ることがないのだ。

落ちたハンカチに指先を伸ばし、リュックの外ポケットに滑らせた。返信を打とうとして日付が目に入った。四十歳の誕生日だった。頭皮から垂れた汗がこめかみを伝う。

こんな日なのに、マクドの安いアイスコーヒーを選ぶのはわかっていた。クーポンが配信されていたはずだった。

四十年の人生で、一番喜びを感じたことは何かと聞かれたら、初めてあーちゃんに触れた十五分間と答えるのではないだろうか。

一週間後、また薄暗い照明の部屋の中にいた。ここに来るまでの間に幾度も、あーちゃんに触れた時の情景を緻密に追いかけた。髪を結い上げた首の裏側、タイルに弾ける水、舌を楽しませる胸先の弾力、腰回りのもったりとした肉、湿り気のある硬い背中、曲がった鼻先。次にどうすれば時間がもったいなくないか思案した。

「また来てくれたんだ」

あーちゃんは関西ではないイントネーションで話した。どこから来たのか知りたかった。しかし、勤めている娘にプライベートなことを聞くのは、嫌われる要素の一つと学んでいた。

十五分が三十分、一時間となり、週に一回が、二回、三回となった。貯金は底をつき、給料日までを数えるようになっていった。

手順はいつも同じ。一緒にシャワーを浴び、ベッドへと手を引いてもらう。小さな手。毎度、あーちゃんの手を握ると驚いた。

不動産会社に勤めている頃、客に出すためのお茶を買い出してくるのが、何年経っても自分の仕事だった。スーパーで二リットルのペットボトルのお茶を何本もレジ袋に詰め、両手にぶら下げた時、あーちゃんの手を思わずにはいられなかった。小さな手に紐になったビニールが食い込み、血が流れ、床の上にぽた、ぽたと落ちるところまで想像し、こんなことをあーちゃんにさせてはならないと腕に力を入れた。

もとより帰りが遅かったが、母が「帰り遅すぎへん」と晩飯で口を一杯にしている時に聞いてきた。目が泳ぎそうになるのを防ぐため、食べることに集中した。おそらく、母は気付いていた。あーちゃんに会っていることまではわからなかっただろうが、母にとっては良くないことが起こっているのだと。

「最近、任される仕事が増えてきて」

嘘だった。三年目に入っていたが、手が空いている誰かがすればいい仕事を任され、後輩の雑用までもするように言われていた。入社した時から期待されていないのは感じていた。最初の三か月がいけなかったのだと今ならわかる。毎日教えられることをこなしていくことが出来なかった。たいしたことではない。早目に出勤して掃除をすることや、客へのお茶の出し方、電話の取り方。些細なことだが、求められた水準で応えられないことが積み重なり、出来ない人のアイコンと化した。そうなると、同僚と同じように働いていたとしても不出来と見做される。また、小さなミス（他の同僚もよくやっているようなもの）でもすれば、これだからお前には任せられないと軽んじられ、仕事が回ってこなくなるのだった。

母は「そうか」と眺めてきた。見破られそうでテーブルの上にある物を素早く平らげ、部屋に上がった。額を押さえた時にしっとりと掌が濡れた。その日は誤って頭からシャワーを浴びてしまった日だった。

あーちゃんに会えない時間は長いのに、あーちゃんのことを考えている時間は一瞬で過ぎるから不思議だった。今はもう顔も名前も思い出せない店長に叱られている時も、客に理不尽な態度をとられた時も、先輩が、自分の悪口を言っているのを耳にした時も、あーちゃんと一緒だったから何も思わなくなった。

　腰を両手でつかみ、引き寄せる。後ろからすることをあーちゃんは好んだ。嬌声は小さな、小さなものだった。他の男にもきっとこうなのだろう。冷める時もある。けれど少しだけ無料で延長してくれたことや、笑顔が以前より増えたことなどを数えずにはいられなかった。

　あーちゃんの特別になりたかった。好きな人がいる誰もが思うようなことを、自分もまた思うようになっていた。あーちゃんが欲しいものは何か考えることが多くなった。

　考え抜いてネックレスを渡した。笑いながら硬い背中をこちらに向け、ネックレスをつけてくれた。シルバーでハートの飾りがついている。あーちゃんを見ていられなくて、今日は、ええから、と俯いた。間延びした聞き返す声が聞こえ、「今日は、せんでええっていうか、話してくれるだけで」と返事をした。

　あーちゃんは驚きの声を発した。一時間コースだった。今月はもうこれで会えなくなる。手の甲がふわりとぬくもった。「じゃあ、手だけでも握らせて」あーちゃんの小さな手が自分の手に重なっている。

　胸が震えた。何か、感謝のようなもの、それ以上の何か、もっと、あーちゃんを喜ばせる言葉を伝えたいのに、目が熱くなり、涙をこぼさないようにするのが精一杯になった。

　優しい、優しいあーちゃん。残り時間が過ぎていく。自分がこの場を離れたら、また違う人の時間になる。あーちゃんとずっと一緒にいたい。家に帰ってあーちゃんがいれば、嫌なこと全部がリセットされる。あーちゃんの手を握り返し、結局、最後の十五分で済ませた。

年末に中学の野球部仲間と飲むことになった。四人を車に乗せ、地元では有名なもつ鍋屋に行った。

白い湯気で覆われた鍋が煮えては減り、友人達の酒は進み、一人が結婚するかもしれんと漏らした。

付き合って何年になるんやった、四年かな、ほんならもうせなあかんな、会う度に言われとって、そらなぁ、責任取らなあかんでな、もうちょい遊びたいなぁ、おるのに行ったらあかんやろと健二が言った、いや、別やん、それとこれとは別やん、わかるわぁ、無茶出来るっていうか、何やねん無茶ってと行ったことのない一人が笑い、他の者が引っ張られるようにして笑った。もちろん、自分も笑った。健二って行ったことないよな、俺は彼女がおるし、それに何か可哀想に思えて、わかるわぁともう一人の行ったことがない者が乗った。せや、祐輔も行くことないよな、

「俺も、別に」

そうかぁ、せやなぁと相槌が流れる。本当は、「別に」の後に続く言葉を持っていなかった。結婚の話が続いた。タイミングを計った頷きだけを返しながら、あーちゃんの姿を宙に描いた。この頃は簡単に細部まで思い浮かべることが出来た。肌の張りで、あーちゃんが寝不足かどうかさえ言い当てることが出来たのだった。可哀想と健二は言った。そうだ。だから、可哀想から、あーちゃんの小さな手を引っ張って抜けさせてあげないといけなかった。

それから一年後、あーちゃんはいなくなった。あーちゃんに会う時間を削って転職活動に力

を入れていた。三週間ぶりにコンビニで甘い物を手土産に買って行ったら、辞めたと教えられた。贔屓にしていたのを店の人は知っており、別の娘をすすめられたが、帰った。

リビングの白い光の下で、ブロック、ボール、娘の保湿クリームが干からびたように転がっている。靴下、シャツを脱いで椅子にひょいと載せ、引き抜いたベルトを上に置こうとしたら、靴下が片方落ちた。そのままにして冷蔵庫の扉を開ける。すぐに食べられなさそうなものばかりだった。何を食べろというのだろう。実家ならばいつも何かはあるのに。妻は今日、何をしていたのだろう。

足音が近づいて来るのが聞こえ、廊下とリビングを繋げるドアが開いた。のそりと現れた妻のシャツのボタンの多くは外され、肉の付いた胸元がのぞき、一つに束ねている髪は崩れていた。何も言わず、台所に向かってくる途中で妻が足を止めた。

「靴下、裏返っているから、気ぃ付けてカゴに入れてな」

「晩飯は？」

「私もまだやから」

何かを言い返すには腹が減りすぎ、鼻をつまんで擦ると、妻が「手ぇ、洗って」と呟き、冷凍庫から冷凍パスタを取り出した。

「それだけなんか」

ミートソースとアラビアータ。赤茶のソースが目に入るとミートソースの口になり、袋に手を伸ばしたら、「手ぇっ」と短く止められる。

「さっき鼻触ったやんっ」

「俺が食べるんやから」

「私がミートソースやから！」

睨みつけてくる目に応えそうになるのを抑え、後ろにある冷凍庫を引き開けた。離乳食と餅ばかりだった。餅は、自分の両親が娘の一歳の祝いのために買ってくれた一升餅だった。

「ミートソースは一つしかないから」

妻が鼻で笑いながら言ったのに睨み返したが、自分を見ることなく平皿に載ったパスタを片手に、電子レンジの扉を開けていた。

「食べたかったら買ってきたらええやん」

「俺も、働いて帰ってきたんやぞ」

妻は答える気がないというのか、冷蔵庫からチョコレートの箱を取り、金色の紙をめくって口に入れた。高い物ではないかと一瞬身構えたが、スーパーなどでよく見かける物であることに息をつく。

「昼も食べずに仕事して帰ってきたんやけど」

妻が何も食べていないとぼやくのをたまに聞くが、朝になかったチョコレート菓子やパンの空き袋がゴミ箱の中にあったのを何度も見ている。そうだよな、と思う。一日全く食べないではいられない。自分だって、今日の昼に割引のシールが貼られた惣菜パンを二つ食べた。

何も答えない妻に、「どっちも働いてんやんな」と言った。以前妻が投げつけてきた言葉だった。娘が昼寝をしなかったために家のことが出来なかったと言い訳をされた日、「あんたばっかり働いていると思わんといて。私かって働いてんやから」とヒステリックに怒鳴ったのだった。

くちゃくちゃ口を動かし続ける妻の返事を待っているのが馬鹿らしく、自分はアラビアータの外袋を開けた。辛い物は得意ではないが、仕方がない。内袋のビニールに包まったアラビアータを流しの横に置き、平皿を取ろうと後ろの食器棚に手を伸ばしたところで、「手ぇ」妻はオレンジ色の光を放つレンジに対し、腕を前に組んでいる。自分を意識しているのが伝わってくる。だから何だと食器棚の扉をスライドさせた。

「手ぇ洗えって何べんゆうたらわかんねんっ！」

妻の怒声が響く。無視して、そのまま皿に手を伸ばす。持ち上げようとして痛みを訴える声が口から飛んだ。硬い物にぶつかった時のじんっと響く痛みが右肩から広がり、かばいながら妻を見た。さっき流しの横に置いておいた凍ったアラビアータを頭の上に振り上げ、力いっぱい振り下ろしてきた。上半身を後ろに反らす。

「汚い手で食器触んなやっ」

妻が投げたアラビアータが、左の太ももに当たる。妻は近くにあったマグカップも振りかぶる。間一髪で妻の手首をつかみ、「やめろっ」と顔面に怒鳴った。

妻はつかまれていない方の手を伸ばし、肩の下にあててきた。肩の下の窪みのような所に手の付け根がフィットし、全体重をかけてくる。筋が切れそうな強い痛みに、肩の下に置かれた方の手首もつかむ。妻は歯を剝き、鼻の付け根に皺を寄せ、チョコレートの口臭を流し、瞳孔が開いて目が真っ黒になっている。妻に触れていることが恐ろしくなり、つかんでいた両手首を振り払った。どっと妻が前に倒れる。

「いたぁーい」

　場違いな甘えた声に、嘘やろと心の中で呟く。妻は両手を床の上につき、そろそろ上半身を起こす。顔面を打ったからか、額と鼻先が赤い。

「何でこんな酷いことが出来るん。信じられへん」

べたついた言い方から逃れるように、じりじり後ろに下がって行く。妻は小さな目に非難を詰め「こんなことしてええと思ってんの」と言った。

　意味が、わからなかった。「自分より弱いもんに、こんなことしてええと思ってんかって聞いとんねんっ」背が何かに当たる。後ろ手で触れると壁が迫っていた。立ち上がった妻が距離を詰めてきている。ここで力の限りを尽くして妻の腹を蹴れたら。けれど、そういうことは、自分らには許されないことだと教えられてきた。

　妻が振り下ろした手を腕で止め、妻と位置を入れ替わるように身体を反転させ玄関に走った。サンダルをつっ掛け、外に出る。

　エレベーターを待つ間に追ってくることを想像し、階段を駆け下りる。マンションから出て、敷地からも離れ、肺が苦しくなって足を止めた。両膝に手を置いて息を整えようとしたが、耐えられず、歩道のはしでしゃがむ。荒い呼吸音と共に喉が急激に乾燥していく。近くのコンビニに行こうとして、マジか、と漏らした。

財布を置いてきた。スマホもない。こんな時間に受け入れてくれる場所もない。腹が、減った。あっ、と口走り、顔を下にする。インナーのTシャツが顎先に触れる。シャツを持って来るのを忘れた。それに、マスクもしていない。

人に見られる前に帰った方が良い。なのに立ち上がる力がない。元気が欲しい。これ以上は仕事に支障をきたすことになるかもしれない。毎日働き、倹しく暮らしているのだから、少しくらいいいのではないか。自分だけの問題じゃなくなってくる――周りの、妻や子や会社のためにも元気が必要だった。

本部から配信された成績表では、自店舗は十八店舗中十七位だった。四月から今期が始まって二か月以上が経ち、差が開き始めている。今の成績では、どうやっても一位には追い付けない程になっている。最下位だけはさけたい。それだけは逃げ切りたかった。成績表のファイルを閉じ、目頭を揉む。今朝の乗換駅で、藤色の作業服の男を見かけなかったことを思い返す。

作業服の男を追うようになっている。朝に彼女が電車に乗る時間に二度会ったことから、その時間にプラットホームの端から端まで歩いてみた。男は割とすぐに見つけることが出来た。ただ、男は毎日乗る車両を変えているようだった。

男が彼女を撮っていたように、他の女性に対しても同じことをしていれば自分のカメラでとらえようと試みたが、上手くいっていない。初日に座っている女性の前に立ったのを見て、ムービー機能を起動させたら思った以上に大きな音が鳴り、自分の横にいた人に怪訝な顔をされ、すぐにスマホを隠すはめになった。

男は若い女の前に立つことが多い。女を選ぶ基準がどこにあるのかわからなかったが、前回、ほとんど確信に近い推測を得た。どの女も黒髪だった。それも長いものが好みのようだった。

笑ってしまい慌てて俯いた。しかし、一度おかしくなってしまったのを止められず、背を丸めて耐えるしかなかった。周りからは咳をしていると思われたのか距離を取られ、顔を上げた時には自分の半径三十センチ程に変な空間が出来上がっていた。

今朝、男はいなかった。彼女の後ろに立とうかと思ったが、発車ベルが鳴り、近くの車両に乗るしかなかった。それに鼻の準備もしていなかったのだ。これからは会えるかどうかにかかわらず、嗅覚の準備はしておいた方がいい。あと一週間様子を見て、男がいなければ彼女に元気をもらいに行こう。それに、実際に触っていないことを一番よくわかっているのは、作業服の男だ。ほころぶ口元をそのままに午後からの客の準備に手をつけた。

客が帰ってから、石崎とバックヤードで対面に座った。

「体調はどう」

「ご迷惑をおかけして、申し訳ありませんでした」

「それで」口にしながら、足の間で手を組む。親指を擦り合わせ、歯の隙間から空気を吸い、息を吐くのと同時に「診断書持って来てくれた」と聞いた。

「診断書は必要ありません」

聞き返すように顔を前にする。「妊娠しています」と石崎がはっきりと口にした。とんっと指先で額を押されたような感覚がした。力が意外に強く、顎が上がってしまうくらいの。

知っていると言い返しそうになるのを抑えて、おめでとうと言わなくてはいけないと思ったが、そもそも言っていいのだろうか。妊娠や出産に対し、上司が部下に何か言って良かったか。たとえそれが、祝福の言葉であったのだとしても、別の意味を無駄に付与されることはないだろうか。圧力を与えられたと責められるような――

「仕事は続けるつもりです」

石崎が先に話を続けてくれたことに息をつき、ならばどうしてもっと早くに教えてくれなかったのだろうとほの暗い感情も湧く。

「それで、次は何さんになるんや」

今度は石崎が聞き返すように首を傾げる。聞こえなかったのかと「新しい名字は何て言うんかな」と言い方を変えた。

「石崎ですけど」

「ビジネスネームってこと？」

「違います。相手が婿入りします」

「婿養子ってことやな」

「違います」若干の苛立ちを感じさせる声で言う。「婿入りと婿養子は違います」小刻みに頷きながら「せやったな」と答えた。

「これからもご迷惑をおかけすると思いますが、どうぞよろしくお願いします」

「わかってる。ただ、うちも結構成績が厳しいから、それだけはお願いな」

返事があると待っていたら、石崎は立ち上がり「業務に戻ります」とバックヤードの細い通路を慎重に歩いていった。

石崎がいなくなってから、スマホで婿入りと婿養子について調べているとフロアから小さな歓声のようなものが聞こえた。パートの声だった。石崎とパートが、自分が座っている所から薄い壁を隔てたちょうど真逆にいるようだった。はっきりとは聞こえないが、「良かったですね」とパートが言った。

妊娠していることを知らせたのかと思ったが、「いつ言おうかって悩んではりましたもんね」と続けて言う。

「松田くんにも申し訳なかったですよ。妊娠していること言うてたから、休む度に気にしないでくださいって毎回律儀に返事くれて」

松田も知っていたのか？　このパートも知っていて……もしかして、他のパート達も知っているのか。

「ほんまに皆さんにご迷惑ばっかりかけますけど、よろしくお願いします」

「ぜんっぜん、気にせんとってくださいっ」

ありがとうございますと石崎がお礼を述べている方なのに、パートをいたわるように言った。

「こうやって皆によくしてもらっているのに、さっき藤原さんに何て言われたか聞きます？」

石崎の声が小さくなっていき、それ以上は聞こえなくなった。くるりと視線を回し、椅子に座り直す。くだらない。上司というものは仮想敵になるものだ。不動産会社に勤めている時だってそうだった。遠くでひそひそ可笑しそうに同僚達が話をしているのを盗み聞いた。自分でなくとも店長という肩書を持っている人物であれば、石崎とパートのような部下は、悪く言ってもいい存在として扱うだろう。特に自分のような中年の男ならば、叩くのに罪悪感もないに違いない。「信じられへん。ほんまですかぁっ」と楽し気なパートの声が聞こえてきた。「声大きいですって」と石崎がいなすのがかすかに壁から透ける。男を躊躇なく除外する会話が女は年々上手くなっている。

共用のノートパソコンを立ち上げる。自分のアカウントとパスワードを入力してから、薄い壁を隔てた向こう側にいるパートの成績表を開こうとしたが、すぐに見当たらない。個人の名前が付いたファイルが並んでいる。歴代の、この店舗に勤めていたパート達の名前だった。どの名前も見覚えがあるようでなかった。

やっと見つけたファイルをクリックし、今月の活動実績欄までスクロールしたら、獲得につながった集客は0だった。面白可笑しく陰口を叩く権利のない数字だった。

彼女の姿がなかった。次に藤色の作業服の男を探そうと背伸びをした時に、「一本早いのに乗っていきましたよ」と後ろから声がした。

頭皮がぷっぷっぷっと素早く粟立ち、目を見開く。「球技大会があるみたいですよ」男の落ち着いた声が降って来る。強張る指先を握り、振り返った。作業服の男だった。

「どう、して」

「学校のホームページの過去の行事記録みたいなのに、毎年これくらいの時期に球技大会のことが書かれているし、それに今日、あの子が電車に乗る時にクラスで作ったみたいなダサいTシャツ着てたから」

予想外のところからボールが飛んできて、いや、と小さく呟く。「どうして、俺に、」話しかけてきたのか。男が軽く首を傾げ、「あの子が好きなのはわかるけど、ほどほどにしておいた方がいいよ」と言った。男を黙らせる効果的な言葉が浮かばず、鼻を出していることを思い出しマスクを上げる。

「あの子可愛いし、わからなくはないけど、これ以上はヤバイって」

ヤバイ……？　何が、どう、いけないのか。暫くの間、彼女の近くには立っていない。「何が」聞くと男は目尻を下げた。嫌な笑い方だった。食いついてきたと茶化すような。

「おたく、自身のことを客観的に把握出来なくなっているってわかってます？」

反射的に右手を背の裏に隠す。彼女の背中の硬さを確認しようとして、男に握って止められた方の手だった。

「あの子、ガラス越しにお兄さんのこと見てたよ」

「……嘘や」

「ほんとだって」

電車が到着するアナウンスが流れる。「あと早くうちに帰った方がいいんじゃない。奥さんと子どもが待っているんでしょ」

「なんっ！」

男はさっきとは違う、軽い笑い声を上げ電車に走っていった。妻と喧嘩をしてから家にいると気持ちが休まらず、早番の日はプラットホームで何本も電車を見送るようになっていた。

上手（うわて）なのだ。彼女を盗撮している時、作業服の男は全く動揺していなかった。男は撮影を停止し、削除しているところを自分に見せまでしたのだ。どこかで読んだか聞いたかした圧縮された記憶の一つがぽんっと弾き出される。盗撮を防止するために、スマホで写真や動画の撮影をしようとしたら音が鳴るようになっていると。男のスマホからは音がしなかった。細工をしているのだろう。自分にはわからない方法でもって。

別に、好きなんかじゃないと作業服の男に言いたかった。人を好きになる贅沢は、随分前に置いてきた。

三十を越えて数年経ったくらいから、母は結婚の話を露骨にするようになった。自分だって、出来るならしたかった。けれど、週六日を会社に拘束され、一日だけある休みは夕方まで眠り、夜になればあーちゃんの代わりの娘を求めるのでいっぱいいっぱいだった。

いくつもの他の店に行った。この時になってわかったことだが、あーちゃんがいた店で初めに案内の男にされたような丁寧な説明を、他の店で受けることはなかった。あの案内の男は、自分がサービスを受けるのが初めてだと見抜いていたのだと思う。

あーちゃんのような人に出会えればと何度も願ったが、どの娘もあーちゃんの時のように長く自分を引き付けることはなかった。その度に気落ちし、同時にほのかな誇りを感じた。自分にとってあーちゃんだけが特別で、いつか再会したら、その時こそがあーちゃんと結婚する時なのだと。妄想だとわかっていながらの希望を本気で捨てられなかった。

妻と出会ったのは、大学時代の同級生の結婚式の二次会だった。斜め前に座っていただけなのに、周りが囃し立て連絡先を交換させられた。

妻から食事に誘われたが、行きたくなかった。あーちゃんが良かった。あーちゃんのいた店にほのかな期待を抱いて月に一度通っては、違う娘と済ませることを続けていた。

妻と初めて食事に行った帰り、あーちゃんと出会った店に寄った。あーちゃんはやはりおらず、違う娘が部屋に来た。その娘の首にシルバーのハートの飾りがついたネックレスがぶら下がっていた。有名な店で買ったものだ。他の人がつけているのを見かけたこともある。その度にその人の顔を確認し、落胆を繰り返した。だから、おかしくない、それでも、「ネックレス可愛いね。どこで買ったん」震える声で聞かずにはいられなかった。「買ったんやないんです」

と笑った。「大掃除をしたら出てきたんです」「どこから……」「ロッカーと壁の隙間に落ちていました」娘は満腹の子供のような顔で笑う。

「真っ黒やったけど、シルバーって歯磨き粉で磨いたら綺麗になるんですよー」

娘の両肩をベッドに押し付けた。ネックレスを片手でつかみ、もう片方の手で娘の下着を下ろした。シルバーのチェーンが自分の指に食い込む。いつか、あーちゃんの小さな手に、重くなったスーパーのビニールの紐が刃物のように食い込むのを想像したことがフラッシュバックする。あーちゃんの小さな手から、ぽた、ぽたと血が垂れ、床を汚した。可哀想なくせに、「じゃあ、手だけでも握らせて」、手の甲がふわりとぬくもった。あーちゃん、優しいあーちゃん。右手から力がはじけ散る。血が滲んでいる。あーちゃんの顔が浮かばない。甲高い声が薄暗い部屋に反響する。硬い背中はどこだ？　目の前にいる女を力任せに裏返し、腰を持った。自分が可哀想から掬い上げてやったのに、結婚してもいいと思ってやったのに、四大卒の正社員の自分が、ありがたがられてもいいくらいなのに、普通にしてやると手を差し伸べてあげようとしていたのに――

後ろから羽交い締めにされ、あーちゃんから引き離された。あーちゃんと叫んだ。あーちゃんはベッドの端に座り、首を押さえていた。また叫び、口を覆われた。そのまま店の外に引きずられた。

次の日の朝、またご飯に行きましょうと妻からメッセージが来ていた。

チェーンで切った指の傷が完全に治った頃、残業で遅くに夕食を食べていると父が台所に入って来た。アルコールのむせるようなにおいが一気に広がった。息を止め、出て行くのを待とうとしたが、父は斜め前の椅子に座り「どないするつもりや」と掠れた声を出した。

昔から話を成立させるのが難しい人だった。自分がわかっていることは当然相手もわかっているという甘えた話し方をする。

「何が」

「お前、もうすぐ三十五やぞ」

父の丸い顔にある鼻から、鼻毛が出ていた。父までもが聞いて来た。どうしたんと子供のような不安を隠せない声で訊ねそうになるのを耐えた。

「うちの周りでしてへんのお前だけやないか」

父の声は小さくなり、身体が前に揺れる。そのまま頬をテーブルにぺったりとつけ、寝息をたてた。

わかっている。うちの家には長男の自分しかいない。あーちゃんを探す時間をこれ以上欲しいとは、さすがに望めなかった。

店舗の電気を、フロアの真ん中を照らしている一つだけ残したところで、リュックの中のスマホが震えるのを感じた。同時期に途中入社した男五人で作ったグループにメッセージが来ていた。

「大阪西の店長が体調不良で長期の休みに入るらしい。」五人だったグループは二人退職し、自分を含め三人になっていた。退職した二人の名前と顔は、今はもうどちらもはっきり思い出せない。そうして、大阪西の店長の顔も頭に浮かばない。確か、三十代くらいの女性だったような気がする。

「体調不良って？」「精神的なやつって聞いた。」「あー、ほんならもう無理ちゃう。」自分以外の二人の会話が進むのを流し読みしつつ、デスクに何も置かれていないことを首を伸ばして確認する。一度、松田が顧客情報が記載された資料をデスクに残して退社していたのを朝に見つけたことがあり、頭がフリーズしたことがあった。

「大阪西って成績良かったんとちゃうん。」この質問を見て、大阪府下で一、二を争っていなかったかと思い出す。そうして、今メッセージのやり取りをしている二人も、違う店舗の店長をしており、自分よりも全然成績が良い。

「ええで、俺と競ってたからな。」「めっちゃ上からやん。」「俺、今のところ大阪では一位やからな。」「ほんなら、何で？」ともう一人が聞く。バックヤードとフロアを仕切る引き戸を閉じ、鍵をかける。フロアをざっと見回したところで「エリアマネージャーの中畑にやられたって聞いたで。」と見え、スマホを正面に持ってきた。

「やられたって？」と返信を打った。「俺も詳しくは知らんけど、何やきつく当たられてる、みたいな？」中畑とのやり取りを思い返して、きついというよりも、神経を逆撫でしてくることが得意だと思う。大阪西の店長は、それに耐えきれなかったということなのだろうか。

「でも休めるってええよなー。俺やったら絶対に嫁さん許してくれへん。」「子供おらんって聞いたで。」「おったかて休めるんとちゃうん。」「旦那おるもんな。」「羨ましー」スマホに顔を落としながら、店舗から離れてショッピングモールのメイン通路をいくらか進んだところで、バックヤードの戸の鍵はちゃんとかかっているだろうかと不安がよぎった。鍵はかけたはずだ。その後に戸を横にずらして確認しただろうか。振り返り、店舗を見る。ぽんと一つの照明が、スポットライトのようになっている。

首を伸ばしてデスクを見回しただけで、一つ一つは見ていない。フロアに不要な物は落ちてはいなかっただろうか……マスクの中で息が漏れる。液晶画面上で会話は続いている。ちゃんと戸締りをしてからスマホを見れば良かった。こういうところが自分でも要領の悪い所だと、店舗に足を戻した。

乗換駅のプラットホームの端にあるベンチに座り、ぽつ、ぽつ、ぽつとグループメッセージのやり取りを続けていた。「ほんなら、俺、大阪西の知合いに何があったか聞いとくわ。」と来たのに、「頼むわ。」と返したら会話が終わった。スマホから顔を上げる。首の裏が痛んだ。ベンチに座っているのは自分一人だった。自分が乗らない電車が到着するアナウンスが響く。喉が渇いた。近くにある自販機で冷たいものを買いに行こうと少し前から思うのに、一度尻がベンチについたら持ち上げられなくなっている。自宅の最寄り駅に向かう電車を、四本は見送っている。水筒は夕方には空になっていた。何時間飲んでいないのか、そんなことを考えるこの間に買えばいいのだと奮い立たせても、駄目だった。電車が現われたと同時に風が巻き起こる。

乗客が降りて来る。それぞれが進むべき道に流れていく中で、左斜め前の車両から閉まりそうな扉をくぐり抜け、プラットホームにたたらを踏んだ人がいた。足を前後に広げたままの状態で停止したのは、藤色の作業服の男だった。男は足を引きずり、両手を両膝についた。大きく息を吸っては吐くというのを繰り返している様子だった。

崩れそうな足を慎重に進め、こっちに来る。男はこちらに気付いていないようだった。立ち去ろうと尻を浮かせようとして、今ならば男の弱みを握れるのではないかともちらつく。だが、ただただ疲れ、億劫というのが一番の本音だった。

男が自分から三つ離れたベンチの一番端の席に指を伸ばした。つかんだ部分を取っ掛かりに自身を引っ張る。背もたれに手を当て、ゆっくり身体を回転させて座った。振動が自分の席にまで伝う。

短い息が響く。男の顔に血の気はなく、アルコールのにおいがひどい。「おい」と声をかけた。男が緩慢な動作で首を巡らせ目が合った。驚くのかと思ったら、ほうっと長い息を宙に上げる。

思考が鈍くなっているのか？　もしかしたら、もう動けないのかもしれない。立ち上がるとさすがに男に緊張の膜が張られ、目が見開かれる。白目が醜く充血していた。

「急アルか」と聞いたのに、男はわずかに顔をしかめ、「え？」と口を開いた。今まで男にあった勢いがない。

「急性アルコール中毒なんか」

何かを呟いたようだったが、よく聞こえなかった。男の前から離れ、近くにある自販機で水を三本落とし、うち二本を差し出す。

「飲みや」

男が両手で水を取り、一本を横のベンチに置き、もう一本のキャップに手をかけて止まった。自分はまた三つ離れたベンチに戻り、キャップをひねった。一口飲むと止まらなくなった。ごっごっごっと太い音をさせ、口を離した時には半分以下になっていた。男はゆっくり、それでも確実に身体の中に水を流している。

リュックの中からコンビニの袋を取った。比較的きれいなレジ袋は折り畳んで鞄の中に潜ませている。レジ袋いりますと言い損ねた時のためだった。腕を伸ばし、男の横のベンチに置いてやる。

「吐くなら、そこに吐いたらええ。酷いなら、病院でアルコール抜く点滴してもらい」

点滴を最後にしたのはいつだったか。不動産会社に勤めている時期だったのではないか。忘年会で、来年は頑張れよと注がれたビールを呷った。一人、二人、三人、吐きに行く間がなかった。その場にいる全員が、自分が酒は駄目なことを知っていた。

「どう、して」

自分の鼻から息の抜ける笑いが漏れる。男は動かない頭を必死に働かせているのかもしれない。「俺、アルコールあかんねん」男の顔から力が抜ける。男が現在溺れている辛さを身体の中に呼び起こすことは出来ない。身体的苦痛は保存できない。理解出来るのは、従わされたことへの屈辱だった。男は額を押さえ、深くうなだれた。「頭を下にするのはよくない」男は顔を上にして背もたれに倒れる。

「店で、飲めないらら、公園で、帰るって言ったのに、許してくれらくて」

「タクシーは」

「金、ない」

男が履いているスニーカーは所々破れていた。穿いているズボンは作業服なので支給されたものだろうが、土や枯れた草が付いている。額をまた押さえている。髪にも小枝が付いていた。謀られた大学の飲み会が鮮明に浮かぶ。自分の行動を一つ一つ把握して帰った、長い帰り道。真っ暗な台所で頭から水をかぶった時、助かったと薄く泣いた。

リュックから財布を抜く。一万円札、五千円札と千円札が二枚入っていた。指先で迷ってからベンチの上に五千円札を差し出した。男の黒目が札に行き、自分に焦点を合わせてくる。

「使わんかったら返してくれたらええ。急に病院行きたくなったらこれ使ってタクシー乗れ」と言い、電車が到着するアナウンスと共にベンチから離れた。


夜のニュース番組にチャンネルを合わせ、ザクロ酢を炭酸水で割ったものをローテーブルの上に置いた。スマホに母からメッセージが来ていた。ワクチン二回目接種で高熱が二日続けて出たが、父はなんともなかったとあった。近所でも、男性は熱が出ていない家が多いらしい。「男はなんもないってお父さん言うてるから、あんたも何もないんちゃう。」と締めくくられていた。

会社では毎日どこかの店舗で感染者が出たと報告されている。数年前なら多少の体調不良で休むと陰口を叩かれたものだった。

体調不良ならば、自分は毎日そうだ。三十を越えた辺りだろうか、前日の疲れなく目覚めることはなくなった。昨夜、久しぶりに会った作業服の男もひどい頭痛を抱えながら仕事に行ったと聞いた。

夜の駅のベンチでリュックを抱え、スマホでプロ野球の結果を見ていた。「ごめん、全部使った」後ろから話しかけられ、声を上げた。作業服の男が心外だとでもいうような驚いた表情で立っていた。

「そうか」

男は頷き、自分から一つ離れたベンチに座る。「あれから救急行って、点滴してもらった」えげつない二日酔いにはなったが、次の日には現場に行けたと続けた。

「金、返したいけど、俺本当になくて。でも何かお礼出来ないかと思って」

そう言いながら、男がゆっくり腕を伸ばしてスマホの画面を向けてきた。焦点が合った瞬間、辺りを見回した。自分たちに注意を向けている人は誰もいなかった。

画面には二人の女の子が映っていた。正確には、彼女が友達と思われる女の子と並んで座り、カメラに背中を向け、少しだけ横顔を覗かせている写真だった。写真投稿専門のＳＮＳ名を男は口にした。

「アカウントを見つけて」

どうやって見つけたのかと聞こうとして、口をつぐむ。録画だ。彼女を後ろから撮影している時に、きっと彼女のスマホ画面が映り込んだのだろう。彼女のアカウント名をそこで知ることが出来たのではないか。自分も、彼女のスマホ画面にＳＮＳが表示されているのを見かけたことがある。

「あんまり自分を写したのは投稿してなくて、これもあの子がフォローしている子の中から見つけた一枚。他のも見る？」

「いやっ、そういうのは……」男のスマホから顔を離し、前に向き直る。電車を待つ人がぽつぽつ集まり始めていた。

「勘違いしているみたいだけど、俺、悪いことは何もしていないよ。この子鍵垢だよ？　鍵垢ってわかる？　相手の子から承認されないと見られないってことだよ。アカウント名を知ったのはたまたまだけど、ちゃんとフォロー申請して承認されたから。俺も好きで、専用のアカウント持っていて」

「何が？」

男がアルファベット三文字のアイドルグループ名を口にした。彼女の鞄についていたキーホルダーが浮上して、首を傾げた。

「男のグループやないか」

作業服の男からアイドルグループだと教えられて、検索をしていた。男性八人のグループで、全員顔が小さく、足が長く、見分けがつかなかった。

「俺、もともとは女の子のグループをいくつか追いかけていたけど、向こうの歌番組で共演することも多いから見る機会が多くなって。音楽は悪くないよなって」

男が間を空けているベンチに身を乗り出し、「普通にしていて目に見えるものを撮っているだけ。テレビが街中撮るのとかわんないでしょ」と口早に言って立ち上がった。軽く頭を下げ、やって来た電車に歩いていった。

後ろでリビングのドアが開く音がして、テーブルの上にあるグラスを持った。びっしり水滴がついており、掌が冷たく濡れそぼつ。

「寝たわ」妻が言った。背中でもわかるように大きく頷いてみせてから、「母親からメール来てた。ワクチンの二回目打ったらしい」と伝えた。

「うちのお父さんも何もなくって、普通に会社に行ったんやって」

会話におけるよそよそしさが薄くなり、徐々に喧嘩前に戻りつつある。

「黒ウーロン茶の賞味期限きてんやけど、明日のルイボスティーの代わりに作ってええかな」

曖昧に受け入れる返事をした。嫌だったが、それを大量購入したのは自分だ。このザクロ酢も大型スーパーで安売りをしていたのだ。

飲み干したグラスを流しに置くと、横のコンロ前にいた妻が「生理始まった」と告げた。蛇口に触れた手が止まりそうになり、意識して水を流す。「そうなんや」スポンジに洗剤をつけ、泡立たせる。指の間から、弾力のある感触が動く。

「どうする」

妻からの視線が頬に注がれる。時間稼ぎのためだけの質問を返したい気持ちを抑えながら、グラスを洗う。今日、生理ならば、今すぐどうこう出来ない。少なくとも今夜は無理だ。落ち着けと自分に言い聞かせるように静かに息を吐きながら、水道を止めた。

「もう一年くらい空けた方がええんとちゃうん」

「やるしかないやん」

「やるしかないって、これからの生活のこともあるし」

「時間がないんやって」

妻は後ろのカウンター台にもたれ、片手で反対側の肘を握った。暗い緊張が妻の顔に張り付いている。たるんだ顎下にニキビが連なり、赤く腫れたようになっていた。率直に妻としたくないと思った。産婦人科からは娘が生まれてからすぐに、二人目が欲しいのならば、生理が始まったら一日でも早く妊活を始めた方がいいと言われていると、何度も聞かされていた。妻が自分の横を通り、冷蔵庫を開けたままチョコレートの金色の包み紙を剝がす。

「先に産んで、それからまた考えよう」と妻が言った。

「せやけど、俺の給料だけでマンションのローンに四人の生活費ってなったら教育費はどうしていくつもりなん」

「せやから私がまた働くって」口の中に一つ入れ、扉を閉める。

「働く、働く言うてもお前、」

働かへんやん。一人では無理だ。二人働いてやっと人並みの生活が送れる。今だって贅沢をしているわけではない。それでも毎月苦しい。妻がこっちに視線を投げた。「あんたの親が望んでることとやで」妻の茶色く粘ついた口の中が見える。

「あの子が女の子ってわかった時、何て言われたか覚えているやろ」

腹の膨らんできた妻と実家に行った時だった。母が「どっちかわかったんか」と嬉しそうに聞いて来た。顔を見ていられなくなって、目を逸らしたはずだ。「女やで」なるべく感情を込めずに答えた。母に視線をそろそろ戻したら、顔から表情が落ちていた。硬くて重い物が落ちるように、すとんと。そうして、ぐっと唇を横に広げて頷き「ほんなら次は男やな。頑張らへんと」と妻にガッツポーズを作ったのだった。

自分の肩に妻の手が置かれるのがわかり、身体を動かさないようぐっと堪える。「今月の排卵日からお願い」手が離れ、「お風呂に入ってくる」とリビングを出て行った。

スマホにカレンダーを呼び出した。今日の日付を確認し、そこから排卵日の計算をする。二年ほど前、何度もした計算だった。出来るだろうかと自身に問う。高校の制服の背中にポニーテールが揺れる。娘が生まれた時のように、彼女からの元気が必要な時がまた訪れたのかもしれない。

結婚して二年経ち、妻に禁煙するよう告げられた。結婚した時から止めるようになんとなく言われ続けていたが、はっきりと言われたことはなかった。産婦人科の検査結果が悪かったのだと察しがついた。

女性の検査がいかに大変で不愉快なものであるかということは、妻からずっと聞かされていた。けれど、男性の検査はあまりに単純であるがために、最中までもが見透かされてしまいそうだった。基本的に身体検査というものはどれも直接的で、そのために人を物のように扱うものだと思っていたが、この検査には匿名性がないみたいだった。

だからと言って自分は何かをするわけでも、言うわけでもない。今までの全員がそうであったのだし、受け入れるものでしかない。数日禁欲し、清潔な手（注意書きにそう書かれていた）で行ってから、白いプラスチックの容器の中に入れた物の運動率の低さは、数値として示され、受け入れるしかなかった。

二十年以上続けている習慣をすぐに止めることは難しかった。家の中で吸わなくなったが、朝に電車に乗る前に近くのコンビニで、昼と夜はショッピングモールの喫煙所で吸った。どんなににおいを消しても妻は察知し、その度に「私がどれだけ頑張っているか」を泣き叫んだ。

そんな時、彼女に出会った。四月だった。当時はマスクをしている人もいなければ、電車の混み具合も酷かった。いつものように三両目三番扉から乗り、反対側の扉付近に立とうとすると、先に背の低い女子高生がいた。混んでいる中、両手で吊革を持ち、上半身を可能な限り反らして揺れに耐えた。

咲きたての花のような、青く甘い匂いがした。電車の揺れに合わせて女子高生の背中が動く度、匂いの波が起こった。色の濃い花のような甘さのあーちゃんの匂いと根っこが同じように感じた。手が緩み、反らしていたはずの上半身がいつの間にか前かがみになっていた。それから早番の時は女子高生がいるようになった。

早番の日であったにもかかわらず、起きるのが遅れた日があった。電車に乗る前にしていた喫煙を諦めて乗車した。女子高生の後ろに立った時、いつもより鮮明に近くに感じた。誇張ではなく、あーちゃんが立体的に浮かんだ。初めての時のあーちゃん。もっと匂いが欲しくて、硬い背中に鼻をつけたらぐにりと曲がったことも思い出す。大きく吸った。匂いがダイレクトに脳に届くようで、腰が重くなっていった。あーちゃんは後ろからするのが好きだった。きっと今もだろう。背中に掌を当てたことがある。皮膚の下の背骨がしなった。たまらずそこに歯を立てたことがあった。あの時は、見開かれた大きな目を向けられた。自分が笑いかけるとやめてと言われた。最中に顔を見れたことが嬉しく、その後も甘噛みをしたが、一、二度振り返ってくれただけで、それ以降は顔を見せてくれなかった。好きだと思う。あーちゃんが好きだ。会いたい。匂いを吸って吐く。その日はいつもより仕事が出来た。

会えない日が続いた。彼女はどこに行ったのだろうと、朝のプラットホームで心の中で呟いた。彼女ってしっくりくるなと思った。この時から彼女になり、同時に煙草を止めた。やめれば彼女に会えるはずだという願掛けだった。妻は喜び、後ろからするようにもなった。彼女の匂いを取り入れた時に、ありありと浮かんだ背中を思い起こした。やっとあーちゃんに出会えた。

秋になろうかという頃、生理が来ないと妻に告げられた。

「暑いね」

作業服の男がいつものように一つ空けて隣のベンチに座った。頷き返し、スマホの画面を消す。今日は男に、彼女に会うつもりだと断りをいれようと決めている。朝の電車で無駄に言い訳をしたくなかった。

「更新なかった」

最近あった投稿は、三文字のアイドルグループのCDを買ったというものだった。男はその写真を眺めながら、「今時CD買うって健気だよね」と呟いたが、どうしてCDを買うことが健気なのかわからなかったのに、理由を聞くのが恥ずかしくて聞けなかった。

「また試合見てたんだろ。どうだった」と男が聞いた。

「あかんな」

「阪神いつも駄目じゃね」可笑しそうに笑いを堪えながら言い、「それが阪神や」と重ねる。男は堪え切れないというように、くつくつと肩を震わせる。

「俺、ずっと野球の話するやつらってウザくて仕方がなかったんだけど、この前、ゲーム実況している動画見て思った。こういうことかって」

「ゲーム実況ってなんや」

「めっちゃゲーム上手い人がさ、自分がプレイしながら解説してくれる動画があんの」

「ようわからん。ゲームって自分でせな楽しくないんやないか」

男が身を寄せる。「俺だって、プロ野球見てるやつの気持ちなんてわかんなかったし。でも、違うんでしょ。見ることが楽しいんでしょ」

確かにそうだ。試合を観戦したいわけで、実戦(プレイ)したいわけではない。どんなゲームをするのかと質問しそうになって、俯く。時間がない。男はもうすぐやって来る電車に乗ることが多かった。「あのさ」と男に声をかける。男の視線が頬に当たる。膝の上にあるリュックを無意味に抱え直し、「また、朝のあの時間帯に乗るから」と言った。返事がなく、男を窺った。目が合うと気の抜けた相槌が返ってきた。

「別に俺に言わなくってもいいのに」「いや、なんか」「見られたら恥ずかしいから見てこないでっていうやつ?」「そうやなくて」濁しながら、そうなのかもしれないと思う。自分が彼女のことを意識しているのを知っているのは、この世でこの男だけだ。

「でも、もうすぐ夏休みのはずだよ」

えっ、と声を詰まらせ、今日の日付を思い返す。そうだ。学生にとっては夏休みが近い。両手の指を広げ、額の髪の生え際に当てて支えた。

「落ち込むなって。あの子受験生じゃなかったっけ。まだ授業あるっぽいよ」

「何でそないなことわかるんや」

「だって」男はスマホ画面に映った日程表を見せた。「何や、これ」「あの子が通っている高校のホームページに載ってた」「今はこんなんなんか」「俺ん時はまだプリント配られてたけど、ネットに載せときゃ生徒からも親からも聞かれることが少ないからじゃない」「俺ん時はって、君いくつなんや」

「この日程表だけじゃ大まかにしかわからないから、また調べて教えてあげるよ。それに今の高校ってけっこう夏休み短いからね」

「ほんまか」

「本当にあの子のこと好きなんだね」じっと見ながら言われる。男の目に今までにない真剣さがあり、違うと言うことが出来ず、ベンチに座り直した。

「照れることないって」

電車到着のアナウンスに男は腰を浮かせる。「君が好きなタイプは、黒髪でロングの子やろ」男は中腰のまま、目を見開いた。「ほんで、色は白い方がええ」「どうして」呟く声が小さい。一本とってやったすがすがしさが胸に通る。

「電車来たで」

男は腰を伸ばしてから「また」と会釈をした。片手を上げて応じる。軽く走る姿が若者のもので、あの男は自分が思っているよりももっと若いかもしれないと思った。

一回目のワクチン接種は拍子抜けするくらい痛みがなかった。会社の集団接種会場に着いてから、医師の前に座るまでの細かい確認作業の連続がなんだったのかと思うくらいで、待機場所のパイプ椅子に十五分も座っているのすら面倒に思えた。

「松田やないか」

声のした方に顔を向けると、裾を引きずったスーツを着た松田が腕を押さえて立っていた。松田に話しかけた男は、自分より少し上くらいでパイプ椅子に座ったまま、楽しげな様子で会話を続けている。松田の方も嬉しげに受け答えをしていることから、前の店で一緒だった上司のようだと思っていたら、また違う人に松田は声をかけられた。

今度は五十代くらいの女性だった。明るい大声が聞こえてくる。パイプ椅子の男性も顔見知りのようで、おそらく同じ店で働いているのだろう。松田は、前の店でも成績は良くなかったと申し送りされている。今日、松田は休みだったが、ワクチン接種のためだけに来ている。要領が悪いよなと思う。現在の店舗の人員から考えると、店長としてはありがたいが、他の人からすればもったいないと言われるだろう。松田は、あまりにも馬鹿正直すぎる。自分が若い頃は当たり前だった会社ファーストの精神を松田が持ち出してくると、当たり前だと思う反面、自己犠牲が過ぎるように見えて嫌な気持ちになる。

松田が急に真剣な様子になって、パイプ椅子の男に何かを話し始めた。女性の方も真顔になって頷いている。ずっと見ているのもおかしく思い、前に向き直った。フロアには見知った顔もあったが、どの人も名前を思い出せなかった。おそらく相手も同じようなものではないだろうか。

「お疲れ様です」

横を見ると、松田がパイプ椅子に座ろうとしているところだった。お疲れと軽く返し、さっき松田が話をしていた人達の方に顔を向ける。松田は視線の先に気づき「前の店の店長とパートさんです。よくしてもらっていて」と目元をほころばせた。

「何か真剣に話してたな」

松田が恥ずかしそうに笑いながら首を傾げ、「最近の売れ筋について教えてもらって」と言った。ぽんっと偽善者という文字が頭に浮かび、すぐに使い方を間違えていると訂正するのに、適切な言葉がこれ以上見当たらない。何でそんなことが出来るのかと聞きそうになるのを「そうか」という言葉に替える。

「あちらの店では感染者が出て、休んでいる人が多くて手が回らないともおっしゃっていました」と松田が心配げに言った。

うちの店も同じようなもんやろと息をつく。そのせいで、お前は休日返上でワクチン接種に来ているのではないのかと聞きたかった。わざとなのかとすら最近思う。真面目なのは知っている、仕事の取組みも松田なりに手を抜いていないのもわかっている、けれどそれが鼻につく。そういうキャラを演じているようだった。

「ワクチンの副反応出なかったらいいですよね。石崎さんのこともあって、休めないですし」

「一回目は、ほとんど出ぇへんって言うし、大丈夫やろ」

投げやりに答えたら「いや、そうでもないみたいですよ。僕の周りは結構会社休んでいる人多いです」と返ってきた。これは、つまり、松田自身もしんどかったら休みますと予防線を張られているということだろうか。そういうところはぬかりないのも気に食わない。

「あっそう」

立ち上がり、「ほんならまた明日」と片手を上げて出口へと向かった。体調に変化はないか、副反応が出た場合の説明等を受けてから松田の方を見ると、また違う人に話しかけられていた。きっとまた、仕事のことについて相談しようとしている表情に、自分には無理だなと思った。


中畑がカウンター外から石崎に手を振るのが見えた。「おめでとう」と石崎の前に立つ。

「ありがとうございます」

石崎の嬉しそうな声が聞こえる。面の皮が厚いなと思う。中畑はエリアマネージャーになる前はこの店で店長として働いていた。石崎はその時期に中畑と一緒に働いており、中畑によく客を取られたと松田に愚痴っているのを聞いたことがある。ただ、そのことは上司には仕事熱心さからだと受けは良かったようだ。中畑の成績は上位で、近畿ブロックで表彰もされた。だから誰も何も言えなかったのだろう。

「体調が悪いって聞いたけど、気にせず休んでね。お腹の子が一番大事やから」

石崎が休んでも中畑は来てくれないのによく言える。ヘルプを頼もうと電話をしたら一回目は休みで、二回目は急ぎの用事があるからと渋られたために止めたのだった。椅子から立ち上がり、中畑の方を向いた。石崎が座ったまま頷き続けている。気持ち悪くなったりはしないのだろうか。中畑は軽く笑って見下ろしている。慣れてしまったのだ。許しを与える側に、心身ともに染まった。中畑が立っている自分にやっと気付き、フロアからカウンターの中に入ってきた。

バックヤードで中畑が足を組んで座るとすぐに「どうします」とレジュメをデスクの上に投げられた。仕事の合間を縫って作ったものだった。

「もっと上を目指そうって気持ちにはならないんですか。私がこの店舗の店長だった時、もっと成績良かったんですよね」

何があかんのかなぁ、と小さく呟きながらレジュメに視線を流す中畑を見て、長期休暇に入った大阪西の店長のことを思い返す。グループに来たメッセージに、中畑が十大社訓を毎朝の朝礼で唱えることを強要したみたいやでと書いてあった。昭和かとツッコミの返事をしたら、すぐに動画が送られてきた。

大阪西の店長が一人で店舗の真ん中に立ち、他の社員に向かって十大社訓を大声で唱えていた。その中に中畑もいた。腕を組み、マスクをしていてもわかるほどの笑顔だった。成績について言えることがないから、精神論をふっかけたようだった。この動画を撮ったのは大阪西に勤める別の社員で、パワハラかもしれないと撮影したそうだ。提出するかどうかはまだ決めかねているみたいやなとあった。提出しても中畑には何の処分も下らないと思う。けれど、提出する側は罪の意識を持つ。

「この店舗、新しい商品の販売率低いですよね。私の時は新商品ばんばん売ってましたけどねぇ」

松田がほとんど獲得がなく、石崎も休みがちの今、自分だけが獲得をしている。得意なのは少し前の売れ筋のもので、つい口に馴染んでいる方の商品を選んでしまっていた。中畑が軽く手を叩き、「方針を変えるのは一つの手ですよ」と顔を前に出す。

「私にいくつか新商品のロープレをしてみてもらえませんか」

「は？」

「まずは藤原さんが売らないと後がついて来ませんから。練習、練習」

右膝の上で何かが小刻みに当たった。見下ろすと自分の右手が震えていた。右手で拳を作り、左手で覆う。ロープレ？　四十にもなって、年下の者に対して？

震えが腕へと伝っていく。中畑が、マスクの上にある化粧で汚れた目で笑いかけて来る。この顔で大阪西の店長に、十大社訓を他の社員の前で唱えることを強要したのだろうか。自分はそこまで人をこけにしたことはない。少なくとも、この会社の同僚に対してはしていない。してはいけないことだとお前たちが散々押さえ込んだのではなかったのか。

上半身にどれだけ力を入れても震えが抑えられなくなり立ち上がる。バックヤードを出てデスクにあるパンフレットを取ろうとして、滑って落とした。奥にいる石崎とパートがこっちを見たが、すぐにデスクに向き直る。あの二人は、自分が中畑に対してロープレをさせられている様子を撮影してくれないだろう。大阪西の店長はええやないかと思う。撮影してもらえるだけましやないか、と。

牛丼屋のカウンターで、作業服の男と並んで座った。自分は牛丼の小盛を、男は大盛を頼んだ。それだけで足りるのかと目を見開かれたが、帰ってから夕食がラップにくるまれていた場合を考えると、これが最適解だった。

お前っ、と抑えた驚く声が後ろから上がった。テーブル席に高校生くらいの男の子が三人座っていた。一人の背が低い子が、隣にいる茶髪の子に「ほんまか」と続けて聞く。自分の前に人の気配を感じた。店員が丼を置こうとしているところだった。

無料サービスの味噌汁のお椀を持ち上げたところでまた「どんなんやった」と背の低い子が聞いた。視線を流してしまう。残りの一人は目の前にある牛丼を頬張りながら、興味のないふりをしているのが伝わって来る。

「童貞捨てたみたいですよ」

自分にだけ聞こえる声で作業服の男が言った。大きな丼の半分を紅ショウガで丁寧に覆っている。仕切りの後ろから男の後頭部に「茶髪の子が、か」と小さく声をかける。男が細かく頷き、「一番性格悪いのは、手前にいるセンター分けのやつですね」と言った。

焦りを抑えない声色で「いつ、いつなん」と背の低い子が茶髪に急かす。似たような経験を自分もしている。その時の役割は、男が性格が悪いと評したセンター分けの子のポジションだった。自分の周りで一番初めに捨ててきたのは健二で、高二直前の春休みだった。

久しぶりに中学時代の友達と会うことになって、国道沿いにあるマクドに集まった。自分より先に友人二人と健二が来ていて、友人二人がにやにや笑っているところに入っていった。一人が「おいっ」と健二に強めに声を放ってから「何で黙っててん」とテーブルに身をのせた。

友人二人から発せられる汗臭さに、それまでの会話が全て透けていた。健二には、夏休みの少し前から同級生と付き合っているとは聞いていた。「どれくらいしてん？」もう一人が聞いたが、「もうええやろ」と健二が笑って流した。追及してくるなと牽制しているのに嫌味がなかった。友人二人は、健二以外は周りではまだであることの近況を報告し合い、はしゃぐトーンが落ち着いていった。健二はそれ以上語らず、友人達がノリ悪いわぁと煽るようなことをふっかけても、笑ってビッグマックを頬張った。詳しく語るつもりはないのに、済ませたことはわざわざ口にしたのだなと自分はなるべく健二を見ないように努めた。

「確認し合いたいもんだよねぇ」

先輩風を吹かせた物言いで、男は牛丼をかき込む。握り箸で器用に食べると横目で思いながら、「せやなぁ」と自分は米を丼から削るようにして口に運んだ。自分の高校生の時と変わらない。どの時代の誰もが似たり寄ったり。だから、今の自分の仕事が成り立つ。人生のチェックポイントを塗りつぶすための保険なのだ。あの高校生たちもいつか保険に入る。彼らが後五十年は登り続けるために。生まれ落ちたら、停滞も後退も許されはしない。

男の表情がくるりと変わり、目元にきゅっと皺を寄せ、女性の名前を言った。聞き覚えがなく、何かを反応する前に「あの子の名前だよ」とドヤ顔をし、漢字での表記も教えてくれた。頭の中で彼女の名前を書く。思っていたのとは違った。それでは思っていたのとは何だと問われても、思い浮かばない。

「昨日、一瞬だけ自分の名前が書かれた写真をアップしたのを見てさ。あの子、結構個人情報には注意していたみたいだけど、うっかりかな」

男は嬉しそうに笑いながら牛丼で頬を膨らませる。彼女の名前を声に出さずに口にする。名前がある。あーちゃんにも、本名があったはずだった。でも、自分にとってはあーちゃん以外の呼び名はいらない。彼女も、彼女で十分だと今更気付いた。

「明日早番なら、彼女乗るよ」

早番のはずだとスケジュールを一応確認しておこうとスマホを取り、妻から三件の着信と五件のメッセージがあるのを見て、指先が止まる。排卵日が近いと今朝教えられていた。先月は結局、妻の生理があまりに早く終わり、様子を見て今月からとなったのだった。牛丼はお互いに半分ほど残っているのを目測し、スマホをリュックに戻した。


音を殺して自宅のドアを開けた。そろそろと洗面所に移動し、細く水を流して手洗いうがいをした。ベルトを抜くと身体の力が抜け、この場に座りたくなるのを無理に足を動かす。妻に見つかる前に寝たかった。

書斎でクーラーのスイッチを入れ、着替えを詰めているプラスチックのラックの引き出しを開ける。明日彼女に会うのは久しぶりで、間が悪いよなとも思う。もしそれが今朝なら、早く帰宅して妻と済ませられたかもしれなかった。ドアが開く音が聞こえ、手が止まる。

「おかえり」妻が言った。

頷き返し、着替えを抱え立ち上がる。間が、空いていく。妻の足元に焦点を当て、塞がれているドアに大股で進んだ。視線が突き刺さってくる。何を言いたいのかも、これから望まれていることも、全部わかっていた。ただ、今夜は応えられない。

「今日、お義母さんが来たんよ」通り過ぎざま妻が言った。予想していなかった話題に足が止まる。

「ワクチンはどうするのって聞かれて」

「打ったらええやん」

「そうやねんけど、授乳しているし、どうしようか迷っているって前に言うたやん」

「感染者数増えてきているし、授乳していても大丈夫って言うてるで」

徐々に妻から離れてゆく。急いでいる素振りを見せずに、足を風呂場へとずらす。

「打ったら」軽さを意識してみた。本当にそう思っている。妻は俯き、黙った。早く風呂に入って寝たい。彼女に元気さえもらえれば、明日は出来るかもしれないのだ。「気持ちはよくわかる」と口にする。妻の顔が上がり、小さな目の中に理解されたことの安堵がちらつく。

「打ちたくないって言うてるからって伝えとく」

「違うっ！」

絶叫が廊下に響き渡る。思わず寝室を振り返る。娘が泣き出しはしないか。そうなったら、風呂どころか寝るのが何時になるかもわからない。

「そうやないっ」妻の大声がびりびり伝う。

「近所迷惑やろ」

腕を握ったが振り払われる。「何にもわかってへんっ！」妻の目が充血していく。ぼろっと涙が伝ったと思ったら、雄叫びのような声が両肩に載る。

「わかった。わかったから」

うなるように泣き出す妻の肩をつかみ、「せっかく寝かしたのに起きてまうぞ」と寝室を顎で指しながら言った。

「排卵日近いって言うたやん」

妻は握りしめた両手をぶつけてきた。どん、どんと自分の胸に重みを加えてくる。痛い。殴られれば誰だって痛い。みぞおちに深く入った。さっき食べた牛丼の味が喉元に迫り、振り上げられた手首を咄嗟に握る。妻がチョコレートのにおいと共に「止めんなやっ」と叫んだ。唾が唇に付着し、あまりの気持ち悪さに右手で思い切り妻の頬を張った。

妻の首が勢いよく左に曲がり、バランスを崩して壁に頭をぶつけた。鈍い音が聞こえ、そのままずるずる身体が下にいくのかと思ったが、妻は壁に両手をつき止まった。こちらを睨んで来そうで、右手で髪の毛をつかみ、額を壁に押し付ける。ぐうっと妻から漏れる声に左手でも髪をつかみ、両手で力を加える。

「やめ、やめて」

妻が両手を壁について抵抗しようとする反発力に、自分の心臓が重力を増して跳ねていく。怖い。奥歯がガチガチ鳴りそうになるのを、両手に力を入れて堪える。「痛い、痛いからっ」妻が叫び、「黙れやっ」と怒鳴り返した。ひっ、ひっと妻の息を吸う音が速くなり、沸点に達したかのように「やめてやぁ」と泣き声を上げる。しらける気持ちが胸に広がると同時に、「はぁ?」と口から漏れた。何でや、と心の中で呟く。お前はやめてくれたか。やめてくれへんかったやろ?　力が弱い方やからやってもええって思ったんやろ。お前と済ませられる思うか?　挿入する方やぞ。出来るか?　お前やったらお前と出来るんか――「出来るんかっ」自分の怒鳴り声が響く中、妻の髪を後ろに引っ張り、廊下になぎ倒す。額が赤く染まり、涙で汚れた顔は歪んでいる。腕を振り上げたところで、妻が両腕で顔をクロスして隠した。

卑怯だ。弱者のふりはもう通用しない。妻の嗚咽は、甘えにしか聞こえなかった。

眠りは昏かった。何も見えず、聞こえない底に沈んでいたはずだった。少し浮いたと思ったら、急激に引き上げられていく。どういうことか追いつけない。暗闇の濃度がどんどん薄くなり、水面に顔を出し、目を開けた。乾いた咳が口から飛び、ひとしきりしてから、大きく息を吐いた。口内の粘膜が引っ付きそうなくらい乾いている。ワクチン二回目の副反応で、まだ熱は残っているようだった。起き上がって台所に向かう自分を想像するものの、すぐに動けそうにない。背中がひやりとする。背中だけではない。身につけている衣類が全て湿っていた。喉が渇いたとまた思う。水を飲めと身体が訴えている。呻きのような掛け声を上げ、上半身を起こした。

足をベッドから出して立ち上がったが、膝がかくんと折れ、床に手をつく。自分の身体であるのに、自身がこの容器より小さくなってしまったようだった。両膝を擦って進み、ドアに手をかけ立ち上がる。そろそろ身体を平行移動させていく。掃除をしていないために、足の裏がちくちくするのが歩くたびに増していく。台所は暗く、ダイニングチェアの背やカウンターに手をつき冷蔵庫にたどり着けた。

扉を開け、冷気が腕や足の皮膚をさっと撫でていくのを感じながら五〇〇ミリのスポーツ飲料を引っ張り上げる。扉を閉め、そこに背をつけるなり膝の力が抜け、ずるずるしゃがんだ。背中の熱を奪っていく心地よさに後頭部もつけ、キャップをひねった。冷たい液体が喉を通り、腹に落ち、消える。口の端から零れるのがわかっていたが、飲み続けてしまう。口を離し、暗い中で目を近づけたら底近くまで減っていた。

視線を上げる。ダイニングはベランダからの青白い光で照らされ、脱ぎ捨てたワイシャツやスラックス、下着が散らばっている。妻がいたらこの状況は許されない。

残りのスポーツ飲料を飲み干し、立ち上がる。流しで軽くゆすぎ、いくつものペットボトルが並んでいる水切り台の上に、飲み口を下にしてふせた。

両手を流しにつき、長く息を吐く。妻を殴った翌日、帰りたくなくてプラットホームで男を待ったが来ず、最寄り駅より一つ手前で降りて、歩いてマンションに帰った。汗だくになって玄関の扉を開けたら、一日中閉められていたことがわかる弾力的な熱が押し寄せ、身体に張り詰めていた力が解けた。妻と娘はいなくなっていた。着替えやおむつなどがなくなっていることから、妻の実家に帰ったのだと思った。ここから車で一時間ほどの所にある。一か月に数回、妻と娘だけで帰っているが、五日以上泊まってきたことはない。妻は両親に何と言って泊まらせてもらっているのだろう。何の連絡もない。

床の上にがらがらが転がっている。娘のお気に入りなのに、妻が持って行くのを忘れたのだ。娘は元気でいるのだろうか。これほど長い期間会わないことはなかった。歩き始めたところだ、どこかに頭をぶつけたりはしていないだろうか。妻の実家は狭いくせに、物が乱雑に置かれ過ぎているのだ。妻の両親は食事を与える時も、スプーンでこまめに口に運ばず、大きくすくうので喉に詰まらせはしないかと目を離せない。

ずく、と頭の奥が痛む。もう一度鎮痛剤を飲んだ方がいい。明日もまた早番だった。寝室に戻り、リュックの中に入れっぱなしにしている薬の袋を取ろうとしてスマホが光っているのに気付いた。電源のスイッチを押し、画面に現れたのは母からの着信履歴だった。四件も残っている。何かあったのかと折り返そうとして時刻を確認したら深夜二時で、かけ直すべきかと思ったところでメッセージが来ているのに気付いた。タップすると、健二という予想外の文字が飛び込んできた。「健二くんがそっちに行っていませんか。さっき、健二くんのお母さんから連絡があって畑から帰ってきていないとのことでした。みんなで探していますが、見つかりません。もしわかったら連絡ください。」

どういう、と口から漏れ、すぐにバーベキューの追加分の買い出しで、コンビニに二人で向かった時の健二が浮かんだ。健二は酷く酔っていた。家業は順調で、バーベキューに出された健二の奥さんの料理はどれもおいしく、持ち寄られた肉よりも、健二が買っておいてくれた肉は一口で高いことがわかった。健二の子供は健二に似て可愛らしく、皆のまわりを走り、誰からも笑顔を注がれていた。

「祐輔は、彼女とええ感じなん」

半歩後ろにいる健二を見る。ふらふら左右に体重を乗せながらバランスをとって進んでいた。珍しいくらいにアルコールが回っていた。どうしたんと聞いた。健二から彼女について聞かれたことはなかった。そっちから聞いてきたくせに照れたような笑い声をかすかに上げ、いや、うん、なんかなと鼻を擦った。

待て。今まで、自分には彼女がいたことはなかった。素人を相手にしたのは妻が初めてだった。わかっていて聞いて来たのか健二の横顔を窺ったら、口の端を持ち上げにやにやしていた。

「何や」と声が漏れる。気持ち悪いと続ける前に「俺な」と健二が顔を上げ、笑った。

「実はええ感じの人がおんねん」

明かりがついたような笑顔。あぁ、こんな感じだったのだろう。健二が高二直前の春休みに、国道沿いのマクドで他の友人達に済ませたことを報告した時。きっと、笑って言ったのだ。

さっき送り出してくれた健二の奥さんは、大学院に入ってからゼミで知り合った三つ下の子だった。すらりと背が高く、つるりとした顔で穏やかに話をする。大恋愛だと聞いた。大学卒業後、九州に帰って就職した奥さんと数年遠距離恋愛をして結婚した。

それなのに、不倫をしていると聞いた時は不思議とどうしてと思わなかった。これくらいの息抜きは、こいつにも必要だと憐憫に近い思いすら抱いた。

これまでの生活の中で、何度も脈絡無く思い出す一番初めの記憶に健二はいる。家の前で自分の母親と健二の母親が喋っている。自分は母親の横で三輪車に乗っていた。仮面ライダーの絵が描かれていた。気に入っていたのか、そうでなかったのか覚えていない。母の話が長く、庭に戻ろうとしたら後ろからガラガラとプラスチックが小石を踏む音がついてきた。

健二だった。どんな姿だったかはわからない。ただ、健二であった。健二はプラスチックの車に乗り、両足で蹴ってついてきていた。何も言わなかった。二人でぐるぐると互いの後ろを走った。母親たちがそれに気付き、吹き出しながら撫でるような声を上げ、それでも健二とぐるぐる回ることをやめなかった。

明かりがついたように笑い、勉強方法を教え、一番先に済ませたことを何でもないことという体を装ってわざわざ報告し、もっといい大学に行けるはずだったのに実家から通える大学を選び、家業を継ぎ、可愛らしい子供を育て、不倫をしている。

健二は、東京にいる兄貴が羨ましいと思ったことはないのだろうか。

知らない。一緒にいる時間は長かったはずなのに、健二のことを何も知らない。聞いたことがない。実はええ感じの人がおんねんと聞かされた後、「パートに来てもらってる人なんやけどな。バツイチやねん」と続けた。自分はそれに何と返したのだったか。たいしたことを答えた覚えがない。

母のメッセージを読み返す。女の所に行ったと決まったわけではない。不倫が続いているのかも知らない。事件か事故に巻き込まれている可能性だってある。確実なのは健二がいなくなり、誰も理由をわからないこと。

健二でさえ見つけてもらえない。

ずく、ずくと頭の奥が疼く。薬のアルミシートをぱきりと割って、錠剤を掌に載せる。水で飲み下し、ベッドに入った。明日も仕事に行かなければならない。


乗換駅名が車内に流れ、目を開ける。座席向かいの窓の空はまだ明るく、弾力の強そうな雲が浮いている。小学校低学年の頃、テレビで七時台のアニメを見ていたら、まだ外が明るいのに驚いたことがあった。初めて夏の日の長さを知ったのではなかったか。

ホームに留まらず、改札に続く階段を上る。昨日、作業服の男から仕事終わりに一緒に行きたいところがあると誘われていた。改札から少し離れた所で男は立っていた。腕を組み、首を巡らせている。男が自分を見つけた。長い前髪で隠れた目が笑ったようだった。

「もっと遅くなったらどうしようかなって思ってた」

連絡先をお互いに知らない。友達に会いに行くために飛ばした自転車が目に浮かぶ。小学生の時の記憶を引きずっている。「今日は早番だったから」男がぱっと目を開き、次に目尻をにやりと歪める。今朝は彼女がいるはずだとも教えてもらっていた。軽く笑い返し「会えた、会えた」と歌う。

元気をもらったが、いつもとは違った。欲しいのは欲しい。けれど、以前のような熱量を感じなかった。それよりも、作業服の男に彼女に会えたということを伝えたいがために、彼女の後ろに立ったという気がした。彼女の背中を前にしてから、マスクから鼻を出すのを忘れていたと思ったが、ちゃんと出していた。乗換駅に来る電車の中で準備するのが癖になっていた。

「こっち」と男は駅を出て先に進む。自分の右側にある片側二車線の道路は広く、交通量が多い。男の一歩が大きく、自分は小走りになり息が上がった。少し進むと住宅が増え、緑が多くなっていく。

「どこに行くんや」

思っていた以上に声が響いた。色の判別が難しくなるほど、うす暗さが増していく。辺りは住宅街になっていた。「緑地公園」男はスマホを見ながら言い、その緑地公園の名前を口にする。何や、と自分は呟いた。よく知っている所だった。男が左に曲がろうとして「まっすぐや」と一歩先に出る。「知ってんの」男のスマホに照らされた顔に頷き返す。住宅街を抜け、道路を挟んだ向こう側に緑地公園の石垣があった。

緑地公園の中では、ランニングをしている人や犬の散歩をしている人がおり、思っている以上に賑やかだった。

「蛸がいる広場って知ってたりする」

頭の中に高校の頃、同窓会のようになった夏祭りが浮かぶ。「まだ蛸がおるかわからへんけど」と足を向けた。

「もうすぐ？」男が頻りに聞いてくる。全長が三キロ以上ある緑地内の位置があやふやで「もう少しのはずや」を繰り返していたら、見覚えのある場所に出てきた。目前に木々が弧を描くように並び、その上にうす暗い中でも赤っぽい色をした物が浮かんでいる。

「あっこや！」と自分が大声で指さしたのに、男は人差指をマスクの前で立てた。問い返す間もなく男は自分の横に並び、「聞こえてこない？」と広場の方を見た。黄色い声が流れてくる。何人もの子供のもの。

「花火するんだって」

男はずんずん蛸広場に進んでいく。広い背中が小さくなり、灯りのない所で消えそうになって、甲高い声が響き渡り、追いかけた。

男は蛸広場の入り口の腰まである石囲いにしゃがんで隠れ、中を覗いていた。「いるいる」男の弾む声に帰りたいと思う。汗で身体がべたつき、蚊が飛んでいる。いつものように駅で話をしたかった。男は背負っていたリュックを地面に置き、中から長いレンズがついたカメラを出した。

一目で高額だとわかる物に、指先で迷いながら財布から抜いた五千円札が蘇る。返して欲しいわけではないが、男が慣れた手つきで、何十万もしそうな物を扱っているのが腑に落ちないのだ。男は石囲いの上にカメラを載せ、ファインダーを覗き、舌打ちをした。どうしたと聞こうにも、男は体勢を維持したままだった。汗で痒くなった首を掻き、説明してくれるのを待ってみたが、男から苛立ちに近い緊張が濃くなっていくのを感じ、中腰になって石囲いから頭を出した。

いつか見たことのある光景が広がっていた。石囲いに指を立て、顔を寄せる。何人もの子供たちが、足が滑り台になっている大きな蛸を背景に花火をしている。うっすら広がった煙が、弾ける火に染まって卵色の靄のようになっていた。

一人の女の子がロケット花火を持って宙に打ち上げる、もう一人の女の子は光の粒を噴く花火をぐるぐる回して円を描き、その姿を男の子がスマホで撮っている。男女がグループになって喋っているところもあった。煙草も酒もない。自分の時と違う。素直にはしゃぐ声が夜風に流れる。輪の外にいる者はいなかった。そもそも、輪がなかった。

カタカタとプラスチックを押すような音がして、男に視線を流す。男がシャッターを切っている。蛸広場の中心部にある街灯からの弱まった光が、レンズの先を照らす。

「俺、悪いことは何もしていないよ」「普通にしていて目に見えるものを撮っているだけ。テレビが街中撮るのとかわんないでしょ」話しかけようとしてぺりっと唇同士が剝がれるのを感じた。舌で湿らせてから「それ、どないするんや」と聞いた。言葉が震えている。唾を飲む。身体の中で響き、中学の練習試合の帰りに遭遇した、蜘蛛のように動く男の手が鮮明に浮かぶ。男がファインダーを覗いたまま、「えーと、実はね」ともったいぶったように区切ってから、「あげようと思って」とマスクを直す。照れ臭そうな言い方に腕が粟立ち、指先に小石が食い込む。

いらない。男がシャッターを切る。その一枚がたった今、自分の手の中に入ったように思え、鋭い声を上げそうになって下唇を強く噛んだ。男から距離を取ろうとして、じゃりっと足元で音を立ててしまった。

「どうしたの」男がファインダーから目を離した。首を振る。違う、こいつらとは絶対に違う。男が聞き返すように首を傾げる。

「トイレ？　見つからないように行ってきて。まだ花火は続くと思うから。帰りにあの子の後ろを歩いてもいいし」

「それはっ」発した声の大きさに、マスクの上から手で口を覆った。湿った不織布がべったり付く感触の悪さに耐える。男が素早くファインダーを覗き、広場の中の様子を確認してから「大丈夫」と呟く。数十メートル先ではしゃいでいる様子が伝わって来る。男との距離を今度は詰めた。

「それはやめよう」と自分は訴える。

「何が？」

「彼女の後をつけること」

「後をつけるって言い方はないでしょ。ただ、帰る方向が一緒になるだけ」

男はまたファインダーを覗く。「あとで連絡先教えてよ。データ送るから」きらきらした笑い声が響いてくる。どうすればいい。考えがまとまらない。ここで帰ってしまっていいのか。もしも自分がトイレに行くふりをして帰り、男が彼女と帰る方向が一緒になってしまったら？

石囲いについていた指先にざりっと痛みが起こり、目の前に持って来た。暗い中で手が薄っすら浮いている。自分はこの手で触れたこともなければ、写真を撮ったこともない。自分は、何もしていない……

男がカメラをカタカタ鳴らす。何が写っているのか。今さっき自分が見た広場の光景とは違うものが切り取られているのではないか。男の顔がカメラにめり込み、黒く塗りつぶされたように隠れる。大きな身体すら上下を黒い服に包まれているからか、消える。作業服の男がそこにいるとわかるのは、耳障りなプラスチックを押すようなシャッター音だけだ。

蚊が耳元で飛ぶ音がし、力任せに払った。男が「あんまり音立てたら駄目だよ」と闇の中から澄まし声で制する。なぁ、と声が漏れる。「君はいくつなんや」と聞いた。

「はっ？　え、何？」

茶化そうとしているのか笑いを交じらせる。「前に聞いた時に流されたから。君はいくつなんや」「そんなことあったっけ」「どこ出身なんや」「え、何？　今そんなこと関係ないじゃん」

「標準語や」

長い溜息が響き、あぁ、そういうことと呟くのが聞こえてから「関東の方」と短く発した。都道府県まで教えてくれない。

「帰る」

中腰のまま蛸広場の石囲いから離れ、広い道に出たところで背を伸ばし、大股で進む。後ろから足音が迫って来るのは聞こえていた。走るような早足で息が上がる。緑地公園の出入り口付近で、「何だよっ」と男が叫んだ。歩調を緩めない方がいいとわかるのに後ろがどうなっているのかわからないのが恐ろしく、上半身をひねる。

「せっかく特定したのにっ」

男が走り、自分も走る。「待てよっ」人気がない。スラックスで上手く足が上がらない。こけそうになって止まり、振り返ったら男は五メートルほど離れたところで立ち止まっていた。

「あの子と関係あるって踏んだ子達を片っ端から毎日調べて、その中で今夜花火するって知って、写真撮って、あげようって。このカメラだって、昨日の晩から整備して、それなのに、何で」

男の声のヴォリュームが徐々に上がり、感情の高ぶりが滲んでいく。いつでも走れるように後ろに体重をかける。足の速さに自信はないが土地勘は自分の方がある。自分の短い息がマスクの中で跳ね回るのがうるさい。

「だって、おたくあの子のこと好きじゃんっ。だから、いつも後ろに立って匂い嗅いでたんだろっ」

「嗅いでなんかないっ！」

顔が熱れたように熱くなっていく。奥歯を嚙み、落ち着けと自分に言い聞かせる。ただ元気をもらっていただけ。だから——

「お前とは違うっ！」

男は片腕を持ち上げ、二の腕あたりを顔に押し当てて隠し、後ろを向いた。全身の血が蠢く。

男が走り出してこないことを確認しながらその場を離れた。男はすぐに夜に溶け、消えた。それなのに、いつまでも顔の熱が引かなかった。

松田の電話をしている声が萎んでいく。半年ほど前に掛け捨ての医療保険に入ってもらった客が、がん保険も考えていると言っていたのに賭けてテレアポをしている。手持ちがもうないと報告を受けていた。自分も人のことは言えない。九月に入った。今週見込みがあるのは二件だった。

獲得件数を数えながら、これが決算月かと自嘲が浮かぶ。月初の時点で十六位ではあるが、最終月はどの店舗も詰められるだけ詰めてくる。皆、最下位は嫌だ。けれど、ブービーでも、さらにその一つ上でも、本当は駄目だ。もっと、ずっと上に——

デスクの上に肘をつき、額を手で押さえる。定年まであと二十年。そこからまた再雇用で何年働けるか。ずっと働いてきたのに、今までの年月以上が待っている。自分のためだけではない。妻と娘。帰ってこなくなって二週間ほどになる。連絡しなくてはと思うが、何と声をかければいいのかわからない。そのくせ焦りはなかった。以前ならばもっとうろたえただろう。妻がいなくなってからプラットホームのベンチで時間を潰すこともなくなった。散らかった部屋の中でソファに座り、そのまま寝てしまって起きた時には解放感すら覚えた。

妻の両親からも連絡はない。反対に自分の母親からメッセージが来た。娘に久しぶりに会いたいというものだった。返事が出来ていない。いつまで隠し通せるものなのだろう。

妻はどうするつもりなのだろう。離婚の文字がちらつく。そうなったとして、親権は妻が取り、養育費も取られる。娘のために金を渡すのはかまわない。ただ、娘に会えなくなる可能性が高い。抱いている娘の体温をもう感じられないのだろうか。熱いのだ。ぴたり抱いていると汗をかく。Tシャツの色を変えた汗を見て笑ってしまったことを思い出す。嫌じゃない汗があるのだと知った。

妻と別れたところで自分は再婚出来るだろうか。きっと妻は、髪をつかみ、額を壁に押し付けたことを言いふらしているのだろう。妻が先に手を出してきたのに。結婚してから自己防衛以上の力を加えたのはあの一回だけだった。しかし、誰が信じてくれるというのか。夫婦の関係において、自分の方はいつも不利だ。

「すみません」

松田の声がした。顔を上げ、椅子を壁につくまで引く。一つ離れたパーテーションの中で松田が俯いている。松田の出っ張った腹が目につく。すみません、とまた同じ言葉を口にする。自身を責めるためだけの謝罪言葉。知っている。自分もよく相手のためではなく、自分の保身のために使っていた。

「何がいけないんでしょうか」

松田の額がデスクにつきそうになるまで下がる。何がいけないのか、自分こそが知りたかった。売れるやつは何をやっても売れる。教育係だった店長、中畑、石崎の顔が並ぶ。ここにいる誰にも言っていないが、自分は販売に必要な資格を最低限取得しているだけで、松田のようにさらに上のランクの試験には合格していない。内定を貰った後の面談で、簡単な試験なのでほとんどの方が落ちていませんと言われた。六回落ちた。試験費用は通常であれば会社負担であったが、三度目から払わされた。

「明日、石崎さんが休まれるなら僕が代わりに出勤しますから」

「何で」

今週、松田は休んでいない。額にニキビが出ていることに気付く。赤く広がっている。もしかしたらマスクの下にもあるかもしれない。

「獲得に繋がらないかもしれませんけど、出勤するくらいしか出来ることないですから」

何で、とまた同じ質問をしそうになり、自分の太ももに視線を落とす。会社に対する自己犠牲的な行為を示して評価を上げてもらおうとでも思っているのだろうか。

松田は石崎が休む度に、気にしないでくださいと毎回律儀に返事をしていると聞いた。どうしてそこまで出来るのか。石崎と松田はほぼ同じ雇用形態だ。給与だって時間外が発生するとしても、おかしくはないか。妊娠したら、店舗に残った働ける人が犠牲になってもいいのか。仕方がないことだとわかっている。けれど、すぐに追加の人員は来ない。追加されれば、その一人分の成績が店舗全体に乗る。人は無給(ただ)じゃない。自分がこれまで一緒に働いてきた人達の中で、妊婦は沢山いた。その人達がどこかで悪いと思いながら休んでいるのも感じてきた。でも、慣れる。腹が膨れるにつれ、本人たちの罪悪感が薄れていくのも同時に見て来た。現に石崎は昨日、明日休むのが前提のように、引き継ぎ書をメールで自分と松田宛に送ってきていた。

文面の中には万が一休んだ時のためとあったが、事細かな内容だった。

「石崎に、何も、思わんのか」

松田を見た。顔を上にし、斜めに傾ける。「何を、思えばいいんでしょうか？」

「何って……」

言葉を続けようとして、首の裏を撫でる。何を聞きたかったのだろう。強く唇を擦り合わせる。どうして、訊いたのか。だって、松田はいつも平穏なのだ。不平不満を言わず、人を気遣うことが出来る。人にどうしたら獲得が出来るのか聞ける。どうして、そんなことが、自身の弱さを語ることが、出来るのか――

「しんどく、ないんか」

口から漏れた。松田の革靴の先がこちらを向いている。革が剝がれてきている。それほど長い間ではなかったかもしれない。それでも、二人で、しかも仲が良いわけではない間柄では、とても長いと思われる数秒が流れてから、「はい」と松田が言った。

「ならどうしてそこまでしてやれるんや」

「そこまでって言うほどのことは、何も」

「せやかて、不公平やないか」

「何がですか」

返事が思いつかない。松田は綺麗な文字を書き、他の多くの同僚と仲良くしている。松田が花火をしたら輪は出来たのか。女の子から元気をもらうということすら考えたことはないのではないか。

松田に名前を呼ばれ、視線を上げる。不思議そうにしている顔がある。

「どうかしましたか」

いや、と短く首を振る。石崎から連絡をもらってから考えると伝えた。椅子を回してすぐに、女の子から元気をもらうのは別にいいだろうと思い直そうとして、匂い嗅いでたんだろっと男の声が蘇る。違う。だって、彼女は自分を避けたことがない。彼女は自分を許してくれているのだ。


三両目三番扉の方に向かう。彼女が並んでいるのを遠目で確認した。作業服の男が「ただ、帰る方向が一緒になるだけ」と言った言葉が引っ掛かっていた。早番の時に彼女の様子をうかがっているがいつも通りで、作業服の男も現れない。

もう男と会うこともないかもしれないし、出来れば会いたくない。涼しい風が吹く。夏が終わる。スマホを取り、昨夜妻の両親から来たメッセージを読む。暴力を振るったというのは本当ですかと真偽を確かめる内容だった。

すぐにでも返事をすべきなのだろうが、何を言っても自分が悪者になるのはわかっていた。自分が妻から受けたことを話しても、きっと誰も信じない。

大柄の男が歩いてくるのが見えた。作業服の男だった。心のどこかで、やっと来たと思っている自分がいた。それなのに、彼女の後ろをそのまま通り過ぎてくれと願うが、男は彼女の列に並んだ。

電車が入って来た。途中、スマホのムービー機能を起動させてポケットに滑らせる。もしも男がまた彼女を撮ったのならば自分がその様子を撮り、止めさせたい。これ以上、彼女に迷惑をかけてはいけない。

彼女がいつもの場所に立ち、男もその後ろに並ぶ。自分は男の死角となる真後ろに陣取れた。心臓が脈打つのがうるさい。一駅が勝負。後ろで扉が閉まる。

男の背中は広い。何かスポーツでもしていそうだと思ったところで、知らないと思う。自分は、男のことをほとんど何も知らない。どうしてだろう。どうしてこの男は女性を無断で撮るようなことを始めたのだろう。教えてくれない。年齢も出身地も。

電車が揺れ、男の横から彼女の背中が覗く。牛丼屋で男が教えてくれた彼女の名前を思い返そうとして浮かばない。初めは同じ場所に立つ女子高生でしかなかった。いつからか彼女と呼んだ。それで事足りた。

男がポケットから右手を抜いた。自分はスマホを向けたが、男の手にスマホはない。今日はただ後ろに立っただけか。力が抜け、ぐらりと右に揺れる。膝に力を入れ踏ん張ったところで、男の手の甲が彼女の背に触れているのが見え、右手を伸ばそうとして鈍い音が足元から上がった。スマホが右手から落ちた。一斉に視線が自分に刺さるのを感じる。

スマホに手を伸ばし、刺さっていた視線が一つ、二つと抜けていく。拾い、男を見上げた。視線が合う。互いに逸らさなかった。

触ったら、ガチでアウトです。男の視線が揺らぐ。男は俯き、右手でポケットからスマホを取った。何をするつもりなのかと緊張が走ったが、親指を動かし続け自分に画面が見えるように傾けた。ありがとう、とあった。

電車が減速し、止まる。扉が開き、男が前に進むのについて行こうとしたら、彼女も降りた。すぐに、彼女のポニーテールがくるりと回った。

幼い、と思う。彼女の顔を正面から直視したのは初めてではないか。自分を強く睨んできたと思ったら「この人に痴漢されました！」と彼女が叫んだ。

周りにいる人達が止まった。目の前にいる彼女の大きな目がみるみる赤く染まっていく。

「何度も何度も私の後ろに立っていたでしょうっ！」

彼女の周りに同じ制服を着た女の子達が集まり始める。赤子のような丸い頬にぼろりと涙が伝う。娘の姿が浮かぶ。ふわふわ柔らかい頬をして、腹を膨らませ眠る。彼女の両側で背中を支えていた一人が顔を上げる。憎しみが弾けている目に、身体がこわばっていく。

「私、後ろからおじさんのこと撮っていました。おじさん、この子に触りましたよね」

「ちがっ」

「言い訳すんなや！」

彼女が絶叫し、自分の後ろにいた誰かに右腕を引っ張られる。首をひねり上げた先には、自分と同じようにスーツを着た男が三人いた。どこからか駅員さんに連絡しましたと聞こえてくる。「違いますっ」元気をもらっていただけ。

「触っていませんっ！」

「私の匂い嗅いでたやろがっ」

目が見開かれる。それは、駄目なのか……？　だって、流れて来るものだから、自分ではどうしようもない。

「気持ち悪いっ！」

身体の力が抜け、スーツの男に摑まれている右腕が抜ける。膝が曲がり、たたらを踏んだら身体が反転し、この駅に来るまで乗って来た車両が見えた。

全員の視線がこっちを向いている。身体の表面が視線で形作られていく。自分を見ているようで、見ていない。

スーツを着た男性に女性、中学、高校の制服を着た子供、私服姿の若者、年配の男女の表情に納得したものを読み取る。

自分が車内にいれば、同じような顔をしていたはずだった。

一人、二人、顔を背けていく。もう十分わかったというように。作業服の男はどこにいる。名前を呼ぼうとして知らないと思い当たる。そうだった、男は上手（うわて）なのだ。

電車の扉が閉じる。中にいる人達が背を向ける。花火の光景が浮かぶ。高校一年の地元での夏祭り、踊るようにおどけていた中学の同級生たち。空になったビール缶を握り、皆の背中を眺めていた。健二は、どこに行った。踊りたかったのだろうか。健二だけじゃない、同級生たちも本当に踊り続けたかったのだろうか。

電車が動き始めた。会社に遅れる。行けない、行かなくてもいい。頭が自然と下がる。家族へのメールを考えなくてもいい、成績のことも考えなくていい、彼女の匂いを嗅がなくてもいい、子供を作らなくてもいい。膝が折れ、鼻先がコンクリートにつく。

不織布越しのプラットホームのコンクリートは、冷たくも温かくもなく、当たり前なのに石の感触がした。

尾を喰う蛇

灰白色の床の廊下は、絞られた明かりで霞んだようになっている。左側に並んでいる病室からは布団が擦れる音、くぐもった鼾、電子音、呼吸が染み出してくる。小沢興毅（こうき）はアシックスのスニーカーで靄の中を割くように進んでいった。

夜勤の仕事を嫌がる人は多い。職員が削られ、抱える患者数が一気に膨れ上がる。時間帯によっては担当がフロア全体になる事もある。けれど興毅はそこまで嫌ではなかった。身長が一八六センチで体格もいいため、人がいない分、腕や足を大きく動かしやすかった。

誰もいない廊下で思い切り伸びをした。そのまま背泳ぎをするように片腕を回しながら進み、四人部屋の病室の前で止まった。

出入り口に半身を入れるなり、人の熱によって粘り気を持った空気が興毅に手を伸ばしてくる。仕切りのカーテンが閉められ、鼾と寝息が聞こえる中、不規則な音が聞こえた気がした。左右のカーテンを軽くめくって覗き、右奥のカーテンをめくった途端、ベッドの上にあるナースコールに手を伸ばした。

「介護の小沢です。三〇三号室、急変出ました。泡を吹いて、胸を押さえています」

相手からは一言もないまま、通話が切れた。ベッドの上で右側を下にして横たわっている痩身の老人は、口から泡を吹き、胸を押さえている。ぐふっ、くっ、ぐふぅと音を口から漏らしているのを聞きながら、ベッド頭上に備え付けられたライトを点けた。髭が点在している頬が白を通り越して青くなっている。

大きく咳き込み、口から飛び出した泡が興毅の手の甲についた。手を顔の前に持ってくると泡に血が混じっている。枕頭台にあったティッシュで拭い、布団をめくり上げて畳んでパイプ椅子の上に置いた。

老人は身体をくの字に折り曲げ、血と泡をシーツの上に撒き散らしだした。ピッピッと黒い血しぶきがシーツに飛び、染み込んでいく。老人の脚の方にあるカーテンを開くと、走って来る足音が耳に入ってきた。

三十五歳の興毅と同い年くらいの看護師の男が入って来た。興毅はベッドから離れ、男と代わる。男は苦しんでいる老人の名前を耳元で呼んだ。泡を吹いた口で答えられるのかと色がなくなった唇を見ていると、まだ二十代と思われる医師の女が入ってきた。ベッドの横に立ち、老人の名前を呼びながら二の腕を叩く。上の部分がつんと尖った耳が見えた。嚙んだらこりこりといい音がしそうだった。

ストレッチャーが運ばれてくる音がしてきた。興毅は病室を出て、廊下の端に立った。ストレッチャーが病室に吸い込まれ、数分で老人を載せて出てきた。老人の口から泡や音が漏れることはなくなり、全く動かなくなっていた。ストレッチャーが廊下の真ん中にあるエレベーターに入るのを最後まで見ずに、病室に戻った。

老人が運び出されたベッドのシーツを剝ぎ取り、ベッドの上に丸めて置く。床の上に落ちてしまった新聞や、補助テーブルの上で倒れているペットボトルを片づけ、ライトを消した。

左奥のカーテンを開き、中に入る。布団を足元まで捲る。老人は鼾をかき、起きる気配がない。仰向きにして寝かせたのが二時間前。鼾が途切れたので、老人の顔に視線をやった。もごもごと動かす口を見て、さっきの血の付いた泡がちらついた。

初めて泡を吹いた人を見た時、震えた。この病院に勤める前、介護施設で働いていた頃のことだ。深夜に入居者が急変し、泡を吹いていた時は膝が前後に揺れ、その震えが腰、腹、肺に伝い、叫びそうになり、口を両手で塞いだ。

興毅は上を向いてマスク越しに鼻から息を吸い込み、止めた。老人の膝を曲げて尻の下に手をいれる。さきに手を洗えばよかったなと興毅は思いながら、正確に老人の体位を変え出した。

ブルーの制服に着替え、屈みながらロッカーの扉の裏にある鏡を興毅は見た。黒いフレームの大きな眼鏡をかけた丸い顔が映っている。顎を上げてその裏側を見るとうっすら赤い。朝、髭を剃る時にシェーバーに負けた。

ズボンが食い込み、ウエスト部分に両親指を入れた。ならすように腹回りをなぞる。三十代になると代謝が落ちると聞いてはいたが、二十歳の時から十五キロ近く肥えてしまっている。

左の壁にかかっている時計を見ると、七時十分を過ぎようとしていた。加熱式タバコ、スマホと小銭入れをポケットに入れ、マスクを指先に引っかけて更衣室を出た。乾燥したぬるい空気が頬に当たるのを感じ、マスク上部にあるワイヤーを鼻に当てながら大股で進む。始業時間は八時だが、正職員は七時十五分までにスタッフルームに入るのが介護課の不文律になっている。

地下一階から三階までの階段を駆け上がった。廊下に出ようとして人にぶつかりそうになり、慌てて後ろに体重をかけた。のろのろとした足取りのパジャマ姿の老人は、ぶつかる寸前だったにもかかわらず、興毅に気づいていない様子で前方にある手すりに腕を伸ばし、両足の裏を床から離さず進んでいく。興毅は老人の顔を覚えてから、老人とは逆方向に踏み出した。

介護課のスタッフルームに入ると中にいた二人が振り返って興毅を見た。挨拶をし、二人に近づく。一人は山中副主任という四十過ぎの男で、電卓を叩いてはパソコンに打ち込んでいる。ぼってりとした体形で前に出た腹が机に圧迫されている。

もう一人はフルパートのおばさんで寺池という。寺池はしゃがんで備品の数を用紙に記入していた。目の下が黒くなっているのが見え、目を逸らす。隈ではない。剝げた化粧で黒くなっている。普段以上に見るに堪えない顔だった。

後ろで扉が開く音がした。視線を向けると後輩の水野が入って来ようとしていた。今年二年目になる正職員の彼女は、もともとは白い頰を桃色にしている。ふっくらとした体つきで、茶色に染めた髪を一つにしているが、束ね損ねた髪の一房が首の横に流れていた。

「すみません」

声の合間に、ハッハッと息が挟まれるのを興毅は耳で拾う。寺池が立ち上がった。始まるなと身構えると同時に「遅刻やで！」という寺池の叱声が飛んだ。

遅刻ではない。八時スタートだと、引継ぎに十五分かかったとしても本当なら七時四十五分でいい。今は二十分だった。寺池は水野に近づき、持っていた用紙を突き出した。

「備品の数、ここまで見たから後やって。私、お手洗いに行ってくるから」

寺池が出ていくと水野は興毅と山中に頭を下げ、さっきまで寺池がしゃがんでいた所に向かった。興毅は山中を見た。彼は同じ姿勢のままパソコンに向き合っている。

興毅はポケットに入れてきたスマホなどを個人用の棚に置き、引継ぎのボードを確認しに行った。

予備のおむつ、消毒用のアルコール、ゴミ箱などを載せたトロッコを興毅は押して歩く。本来はおむつ交換車という名前がついているらしいのだが、色んな物を載せているのでこの病院では、トロッコと呼んでいる。

朝の引継ぎが終わるとすぐに朝食の食器の回収に向かう。それが終わるとトイレへの誘導、おむつの交換や体位を変えるのに病棟を練り歩く。

興毅は大阪にある総合病院に介護福祉士として勤めている。最近は介護が必要な高齢者が増え、興毅のような介護専門職員が病院に雇われる事も多くなってきた。食事や排泄の介助、入浴の世話、口腔ケアなど業務は多岐にわたり、座る暇もない。正職員の介護福祉士は現在四人。パートの人数は六人いるが、掛け持ちをしている人も多く、常に来てくれるわけではない。人手が全然足りていない。

今日のペアである前を歩くショートパートのおばさんが、病室に入ったのに興毅も続く。

「おはようございます」とおばさんが声をかけてからカーテンを開く。目を開けて横になっていた老女が、少しだけ首を動かした。それが挨拶をしているつもりなのは、介護士を始めてから知った。

「三十分後にリハビリですね」

おばさんが耳に口をつけるようにして大声を出すと、老女は眉間に皺をかすかに寄せた。脳梗塞を起こして緊急入院をした。幸い軽いもので、ある程度回復し、リハビリを行う段階になって興毅の病院に転院してきたが、リハビリを嫌がる。

「トイレ、行っておきませんか?」

おばさんがさらに大声を出す。行っとけと興毅も思う。体を動かすと漏らすことは多い。その濡れた下着を処理するのは、興毅達だ。

老女は口をへの字に曲げ、「さむ、い」と言った。

返事になっていないという言葉を飲み込み、興毅は隣のベッドに目を移す。早く終わらせてしまいたいと思った時、女の悲鳴が聞こえた。

おばさんと視線を合わせ、興毅は廊下に出た。左右を見ても何も変わったところはなく、斜め左前方にあるスタッフステーションに向かう。看護師二人が、興毅がいる側とは反対の廊下に走って行くのが見え、後を追った。

並んだ病室の出入り口の一つから水野が後ずさりをして出てくるのが見えた。看護師の一人が「どうしました」と彼女に聞く。水野は額を押さえ、「ちょっと、その」と言い淀んだ。

看護師は水野を置いて病室に入った。興毅は水野の名前を呼んだ。顔を上げた彼女の左頬が赤くなっている。額に置いた手の下も赤くなっているかもしれない。

「殴られたの？」

水野は大きな目を興毅に向け、頷いた。興毅は病室の中を覗く。手前の右側のベッドの上で、興毅が心の中で89と呼んでいる爺さんが山中副主任に押さえられていた。

二週間ほど前に左脚のリハビリのために転院してきたのだが、看護師や介護士に大声を出しては横柄な態度を取ることで有名で、89歳になっても人間が出来ていないなと一度思ったら、89歳のくせにと接する度に思い、89と呼ぶようになってしまった。

高齢者が殴ってくる事はよくある。介助が必要であるにもかかわらず一人で出来るだとか、痛いところに触れられたとか、馬鹿にしているとか、何か気にくわない事があると言葉が上手く出て来ず手を出す。甘えているのだと思う。それが、許されているのだと思っている。だって、歳を取っているから。

「いい加減に、して下さい」

抑えた口調が89の奥にあるカーテンの陰から聞こえた。興毅の後ろからシャンプーの甘い香りが近づき、水野がすぐ側にいるのを感じる。カーテンが何度か揺れてからやっと開くと小柄な老人がベッドに座っていた。最近入院して来た患者だった。興毅は病室の出入り口の横にある名札を確認する。北口と書かれている。そこには二週間前まで違う老人がいたが、深夜に泡を吹き、そのまま戻って来なかった。

熱がありそうな苦しげな顔で北口は89を見ている。さっきまで山中に抵抗していた89も思いもよらない展開のためか動かなくなった。

「あの女の子が来ると、いつも、嫌がることを、していませんか。今日もあの女の子が、やめてくださいと、何度も言うのが聞こえてきた」

そうなのかと聞くように、後ろにいる水野を見る。俯いて表情が見えない。白い耳が赤くなっている。

山中副主任と看護師は89を見たが、89は膝の辺りに丸まっていた布団を両手で掴み、かぶってしまった。山中副主任が北口の肩を叩き、耳元で何かを話しかけた。興毅は水野に視線を流す。彼女は俯いたままだった。

「毎回？」

水野は頷いた。看護師達が病室から出てきた。鼾が聞こえ、水野は顔を上げて病室を覗く。興毅もつられて病室を見る。布団をかぶった89の鼾だった。興毅が水野を見下ろすと、険しい目をして出入り口から離れ、次の病室に入って行った。

山中がトロッコを押して出てきた。興毅と視線を合わせて頷き、病室から少し離れたところで立ち止まる。

「北口さんは何て言うてましたか?」

興毅が声をかけると糸のような目を少しだけ開き、興毅に顔を寄せるよう手で合図をする。

「殴るだけやなくて、胸や尻を触られているのも見た事があるらしい」

山中を見返す。彼は腕を組み、「水野さんの時は毎回やねんて」と息を吐く。

「北口さんが言うにはやけどな。あの人もまだ来て一週間くらいやし。水野さんにも聞いてみて、あんまり酷いようやったら主担当替えるわ。その時はお願いな」

興毅が頷くと山中はトロッコを押して水野が入った病室に吸い込まれていった。

興毅は鼻の穴が膨らむのを感じた。許せないと思う。下唇を噛んで、許せないとまた思いながら、こんな感情を持ったのはいつぶりだろうと鼻から強く息を抜いた。

URマンションのエレベーターを降りた。右手に摑んでいるヘルメットを握り直し、興毅はマフラーに顔をうずめた。擦りつけるように顔を振り、鼻先を温める。自宅の鍵を開け、電気のスイッチを押す。部屋の中に光が広がり、部屋に温度が宿る。

興毅はほか弁で買った弁当をテーブルの上に載せた。ふわっとタバコの灰が動くのが見え、手のひらにつけるようにして拭き取る。灰皿は吸い殻で一杯になっている。何年も前にカートンで買った時におまけで付いていたもので、ＬＡＲＫと底に赤文字で書かれているはずなのだが、今は見えない。

朝に食べた時のままのマグカップを流しに置き、パンのビニール袋をゴミ箱に入れ、ダウンジャケットを脱いで椅子の背にかけ、洗面所に向かった。

トレーナーを肘まで捲ってから蛇口を捻り、大量の湯を流す。興毅はいつもこの手洗いは湯をケチらないようにしている。湯気が立ってきたところで両手で触れる。感覚が鈍くなっていた指先が徐々に和らいでから、何度か手をすり合わせ、ハンドソープを二回押し出す。病院用と普段用があり、病院用は殺菌作用が高いものにしている。

丹念に泡立てて手のひら、甲、指の間を洗い、手のひらを傷つけるようにして、爪の間を洗う。泡を流すともう一度同じ手順で手を洗ってから、手首、腕を洗い流す。口の中をゆすいで水を吐き、もう一回口にふくんでうがいをした。次に眼鏡を外し、何度も顔を洗う。本当ならすぐにでも風呂に入りたかったが、この時点では腹が痛いくらいに減っている。

この仕事をしていると高齢者の垢や汗や脂が溶けたものが混じった臭いを毎日嗅がなければならない。それが鼻や口の粘膜に付着し、そこから浸食されてしまうのではないかと想像してしまう時がある。そんなわけないと思いながら、いつからかこの手洗いが日課になった。病院を出る時も洗うが、家には少しでも老いたものを持ち込みたくなかった。

蛇口を閉め、横の棚からタオルを取って拭いた。仕事が終わったと肩から力が抜けた。ほか弁のからあげを口に入れ、奥の部屋にあるテレビをつけた。バラエティ番組が流れ、元カノの京子が好きだった男の芸人がクイズに答えていた。

赤い服ばかりを着ている高学歴の芸人で、正解を出していた。この芸人が好きだとも嫌いだとも思った事はなかったが、

「あんな奴のどこがええねん」

からかうためだけに言った事があった。興毅としてはいつもの茶化しの一つだった。京子は興毅の方を見ず、テレビの画面を見たまま暫く黙ってから口を開いた。

「頭ええし、めっちゃ稼いでるやん」

期待を裏切る冷たい声だった。

京子とは前の職場の介護施設で出会った。興毅の二つ下で背が高く、面長の顔は悪くなかった。自然と会話が増えていき、帰りが一緒になるとラーメン、牛丼、ファミレスと食べて帰るのが当たり前になっていった。

数か月して京子が外食してばかりではお金がもったいないと言い、彼女の家でご飯を食べさせてもらった。生姜焼きと味噌汁と卵焼きだったのを覚えている。卵焼きに興毅に断りもなくケチャップをかけられたが、おいしいと言った。本当は醤油が良かった。

そこから、どちらかの家に泊まり続ける日が続き、休みになると京子が興毅のマンションに来るというのが定着した。二人のどちらかが食事の用意をし、買い物をし、洗濯、掃除をした。

家事の負担がぐんと減り、働くことも楽になっていった。

高い熱が出て早退し、京子が迎え入れてくれた時は玄関で目が熱くなった。優しい言葉をかけてくれ、おかゆ、スポーツドリンク、薬も用意してくれていた。

おかゆを食べ終わってお礼を言った。京子はびっくりしたような顔をして興毅を見た。今度は興毅が目を見開くと「どういたしまして」と目を細めたのが可愛かった。

付き合って一年経った頃に興毅は自分のどこが良かったのかと、酔っ払ったのを装って聞いた事がある。京子は厚めの唇を尖らせ「背が高かったから」と恥ずかしそうに笑った。京子は一七二センチで並ぶと確かに釣り合いが取れた。

「それだけ?」

真顔でおもわず聞き返してしまい、焦って発泡酒を口に含んだ。京子はうつむいて甘栗の皮を剝いていた。ふふっと笑う声が京子から上がった。彼女は少し酔っているようだったが、ティッシュから外れ落ちた皮を指先に押しつけてはティッシュの上に置いた。京子には、すぐに片づける癖があった。後で一度にすれば効率がいいのにと思ったが、口にはしなかった。

「それだけってわけでもないけど」

また笑う声が聞こえ、「何やねん」と京子の頰を指で挟んだ。

「教えてや」

京子は笑って発泡酒を飲んでから、「でも、背が高かったら、介護する時に力いるなぁ」と視線を上にやった。興毅はうんと頷きそうになって止まり、京子を見た。剝いた甘栗を口に入れようとしていたのを興毅の口に入れた。

それから、二年くらい後に別れた。

別れ方は普通だった気がする。興毅にとっての普通。それまで付き合った三人の女達と同じ経過を辿った。徐々に気持ちが離れて行くのを感じ、言葉のすれ違いが多くなっていき、部屋から彼女の物がなくなっていった。そうして、いつものように彼女から別れようと言われた。

割り箸を折ってほか弁の容器の中に入れ、まだ食べ足りないと立ち上がった。冷蔵庫の中には発泡酒と干からびたキムチがあるだけだった。

こめかみを掻き、発泡酒に手をかける。椅子に座り、プルトップを引き上げると京子の声が蘇ってきた。別れを告げられた時も発泡酒を飲もうとしていた。

「共働きをするんやろうなって思う。私達の給料やったら。その上で私は家事をするんやろうなって。それで、きっと、興毅は手伝ってくれへん」

「そんなことないやん」

京子は額に手をやり「今日かって、そうやんか」と苛立った声を出した。

「洗濯ものも畳まへん、食べたら食べっぱなし、トイレも汚れているのにそのまま」

「たまってからした方が一度で済むやろ」

興毅は言いながら、最近は泊まってくれないくせにと思った。以前は休みとなると毎回来てくれていたのに、夜勤明けだから、疲れているからと来てくれない。

「私はためておきたくないねん。だから結局私がすることになるやん。これが続くんやろうなって。こんなん言うたらあかんけど興毅のためにそこまでせなあかんのかなって、そう思って」

「結局、結婚したら仕事辞めたいって、そういうことやろっ」

睨みつけて言うと、京子もそれを受けて目に力を入れ「そうやよ」と静かに答えたのだ。

興毅は缶を口につけて仰いだ。食道の形がわかるくらい冷え切った発泡酒が流れ落ちて行くのを感じる。

金だと思う。誰が決めたのだろう。男が働くべきだとか、一緒に食べたら少し多く払うべきだとか、そういう金銭の負担は男が持つべきだというのは。こうあるべきだというのは、そういうのは、もうやめましょうって、そういう流れではないのか。今は男も女も関係ないとどこでも大声で叫んでいるんじゃないのか。それなのに、京子は辞めたいと言う。

興毅一人の給料でやっていくなら、やってみればいい。きっと給料が少ないから生活を見直すという話し合いになるのは、目に見えている。

発泡酒を胃に落とす。味があまりしない。別れたのは一年前。それから女に触れていない。水野のハッハッという息切れが聞こえ、柔らかそうな白い頬、シャンプーの甘い香り、赤く染まった耳が浮かんだ。

89は定期的に、いや、毎日のように水野に触れている。俺は、一年も——

許せないという言葉がまた頭に浮かんだ。

人がいない廊下で大きく両肩を回しながら興毅は進んだ。首と左肩の間にひきつるような痛みが起こり、右手でさする。今夜の夜勤は水野とで、頼まれた訳ではないが力がいる仕事を引き受けてしまっていた。

次の病室に入り、手前のカーテンをめくって中を覗いた。小さな老女が眠っている。片岡明子という人で、好酸球性肺炎になり一か月ほど入院をしたら、物が上手く飲み込めなくなるほど体力が落ち、今は点滴で栄養を摂り経過観察をしている。

布団がかすかに上下する。ここにいる限り良くなることはないかもしれないと興毅は思う。病院は治療することを優先する。身体が悪くならなければ良い。その為には悪くなる可能性がある事は生活からなくしていく。

片岡は喉の筋力が落ちてきているので、誤嚥をする可能性があるという事から固形食ではなく点滴になっている。興毅はこういうところで介護施設との違いを感じる。介護施設の方がいいというものではない。ただ、違う。

前に勤めていた所では、一人で出来るだけ食べさせ、歩かせ、手足の体操もさせていた。一週間に一回の運動系のレクリエーション、月に一回のお誕生日会、三か月に一回のカラオケ大会、映画鑑賞会をしていた。

興毅にとっては面倒でやりがいを感じる事はなかったし、入居している人でも好きな人もいれば、嫌がってしない人もいた。介護施設では、それらがここの仕事だと言われていたから右へ倣えをしていただけだ。ここも結局そうで、目的に沿った事をしている。治療が大前提だ。

しかし、多分だが片岡は介護施設の方が向いている。そっちの方が早く回復をする気がする。

愛想がいいからだ。興毅が来る度にちゃんと頭を下げ、水を飲む事や歩く事を手伝ってやると頰を持ち上げる。その上、一週間に一度は家族の誰かがやって来て置いていく棒付きの飴を「沢山ありますから」とポケットに入れてくれる。

そうされるとやはり気になる。興毅は前を通る度に覗くようにしている。昼に興毅が来た時は、ベッドの横にある小さな冷蔵庫からパックに入ったコーヒー牛乳を取り、興毅に差し出して来た。

「小沢さん、お一ついかがですか？」

医師から人が見ている前でなら飲んでいいと言われている。片岡の家族は、いくつものパックジュースを冷やしていく。基本的に患者から見舞いの品を貰ってはいけない事になっているので、片手を身体の前で振ると片岡が首を横に振った。

「ジュースは好きですが、コーヒーは昔からあんまりで」

困ったような声で言うその姿が何故か小さな女の子を彷彿とさせ、つい貰ってしまった。そのコーヒー牛乳はスタッフルームにある冷蔵庫で出番を待っている。

片岡のベッドから離れ、向かいのベッドのカーテンを開ける。痩せた老女がよく眠っている事を確認し、布団をはぐ。右側が下になっている。体を固定するために使っていたクッションと枕を足元に置いた。

体位をそのままにしておくと褥瘡（じょくそう）になってしまう。よく見舞客が来る患者がそうなってしまったら大目玉をくらう。見舞客だけではなく、医師や看護師達からも見られている。

頭の下に腕を入れるとぷんっと老女の垢の臭いがして鼻をつまみたくなり、腕を抜いてしまった。やめておこうかなと顔を上にして息を吸う。どうせよくなることはないという囁きが、じわり、じわりと腹の底からわいて来る。薄暗い中でもわかるほど薄くなった髪の毛、丸みのない頬に窪んできている目。パジャマの襟から伸びている首はくっきりと筋が出ている。

一人で寝返りも出来ない。きっと、これからもずっと、最期まで出来ない。

低い声が聞こえ、見下ろす。寒いのか、首を縮めようとしている。元のように右側を下にして布団をかぶせた。

興毅の巡回が終わり、89の病室の近くを通った。水野が出入り口で中の様子を首を伸ばして見ている。後ろから近づき、声をかけるときゅっと両肩を持ち上げた。振り返った水野の視線は泳ぎ、興毅にすぐに焦点が合わなかった。

「すみません」と水野が小さな声で呟くのが聞こえた。

「ここで終わり？」

興毅が病室の方を見て聞くと水野は首を振った。

「その隣の病室も。すみません、すぐにします」

水野が頭を下げたのを見て「ええよ」と口をついて出ていた。水野の見上げてくる視線を感じながら「俺がしとくから、隣の病室に行って」と言葉が滑り出てくる。

水野の大きな目に自分のシルエットが映っているのが見え、胸の内側が両手でくすぐられるような感覚が起こった。水野の頭が下がるのを横目に中に入った。

むっとした、重みのある空気が漂っていた。誰かが便をしたのだろう。この部屋で寝たきりになっているのは一人で、うるさくもないし朝まで放っておこうと思う反面、おむつの隙間から便が漏れるのも面倒だと思う。どうしようかなぁと取りあえず大きな鼾が聞こえてくる89のベッドがある仕切りのカーテンを開ける。刺すような臭いが鼻に来た。あ、と興毅は半歩下がった。最近、89が夜に尿を漏らすようになり、寝る時だけおむつをつけるという連絡を受けていた。

布団が大きく上下に動いている。鼾が止まった。起こしてしまったのかと興毅の動きが止まる。咳をしたと思ったら、勢いよくまた鼾が響き始めた。興毅はカーテンを閉めた。他の三人も見ないといけない。奥に向かうほど空気がもったりとしていく。

めんどくせぇと呟いた途端「すみません」と聞こえた。顔を上げると北口がいるベッドからもう一度、同じ言葉が聞こえてきた。

向かうと北口がベッドの上で肘をつきながら、身を起こそうとしていた。

「どうかしましたか？」

「臭いが」

北口は前のベッドを見た。興毅もその視線の跡をなぞるように首を横に向ける。わかっている。あのベッドの患者がしたのだ。

「換えてあげてください」

「確認しますね」

北口を見ずにカーテンを閉めようとしたら「臭いで、余計に頭痛がひどくなって」と興毅の肩をとんとんと叩くように声がやって来た。

マスクの鼻に当たる部分に入っているワイヤー部分を押し、空気が入らないようにしてからカーテンに手をかける。

出来るだけ息を殺しておむつを換えた。朝の巡回中にやってもらえよと何度も思ったが、カーテンの向こうから北口が透かして見ているような気がして、手を抜けなかった。

廊下に出て制限していた息を大きく吸い込み吐き出す。それを繰り返していると、息を吸っているところで止まった。確かに北口の前のベッドの患者の方が臭いはきつかった。しかし、89の臭いには気付かなかったのか。また、呼びだされる事はないだろうか。

「小沢先輩」

声の方を向くと水野がトロッコに両手をかけていた。大股で水野の横に並んだ。水野はトロッコから手を離し、興毅の方を向いた。薄い化粧をした桃色の頬は、生きている顔だと思う。その頬に両手を当て、すべらかな肌の感触を楽しみたい。

「ありがとうございました」

頭を下げられ、言葉だけじゃ足りないんやけどと興毅の視線は下に向かい、大きめの胸で止まった。

コンビニで買ったカップ麵に湯を入れ、おにぎりの包装をとった。ここの病院に来て良かった事の一つは、昼食時間がかろうじてある事だ。病院の介護職は同じ事の繰り返しなので、休み時間を確保しやすい。介護施設で働いていた時はレクが多かったり、昼の交代も人員が少なく十分程で飲み込むか、取れない日も多かった。

「この日、私休みたいねん」

「何かあるんですか？」

興毅から少し離れたところで、おばさん二人が頭を寄せてカレンダーを見ている。おにぎりのてっぺんから半分を口に入れ、バリッと音をさせ、唇にひっつく海苔を唇を左右に動かしながら口の中に入れていく。

「上の子の発表会があって」

「私もお誕生日会があるんですけど」

「でも、ごめん。ほんまにここは譲られへんねん。前の時に上の子のとこに行ってあげられへんかったから、めっちゃ拗ねてて」

誕生日会があるというまだ比較的若いおばさんが、渋った声を出した。どうせ一緒に巡回している時にこの事について愚痴られるのだろうと思いながら、出来あがったカップ麵を底からかき混ぜる。ふわりと上がってきた湯気が、興毅の眼鏡を曇らせる。塩気を含んだ香りに唾液が溜まっていく。麺を持ち上げ、少ししてから口に入れる。

おばさん二人の先に進まない話し合いが聞こえてくる。お誕生日会、授業参観、懇談会、運動会、発表会。毎月、何かがある。聞く度に毎回出なければならないのだろうかと疑ってしまう。出なければ子どもの学力でも落ちるのだろうかと。

子どもだけではない。おばさん達の歳がいってくると今度は親の病院通いの付き添いが始まる。そうして次はこう思う。その婆さんや爺さんには、お前達しか面倒を看る人間がいないのか、一人で行く事が困難なくらいに介助が必要なのかと。

興毅達に休みを聞いて来るのは、自分達の中で予定が組まれてからだ。興毅は特に休みたい日がない。しかし、堀内主任や山中副主任は家庭を持ち、子供もいるので休みたい日もある。特に堀内主任の場合は女性で、家の中ではおばさん達と同じような状態だとわかっているのに、二人の休みの都合は後回しにされる。

自分達のおかげでこの職場が回っていると思っているに違いないと、おにぎりの最後の一口を食べ、スープを啜る。半分はその通りだと思う。興毅の現場はパート達に頼まないと回らない時間が増え、任す仕事内容も深くなり、その分時給も高くなっているのをおばさん達もわかっている。

一方で、以前「ここの正職員は、パートのことをバカにしすぎなんやって」とおばさんの一人が言っていたのを聞いてしまったことがあった。

そう口にするのは、自分自身がパートという立場に対してそう思っているからだと思う。ここにいるおばさん達は自己評価のバランスがおかしいと、食べ終わったカップの中に割り箸を折っていれた。

「お誕生日会って、でも、自分の子の誕生日やないんやろ？」

強めの口調に興毅は視線を送る。若いおばさんが、発表会があると言ったおばさんに押されている。自分の子ではない誕生日会？　意味がよくわからない。それよりも感情的な女の声が気持ち悪い。

先月、発表会のおばさんが、何とかさんが三日連続して休むんだったら、私だっていいでしょと主任に食ってかかっていたのを見た。発表会はきっちり三日休み、同じように陰口を叩かれていた。

人にされて嫌な事を人にしてはいけないというのは、三歳にもなれば教わる事だと社会に出るまでは思っていた。

スマホの画面に検索エンジンを立ち上げ、片岡からもらったパックのコーヒー牛乳に口をつける。おばさん達の声がまた上がる。今度はスナック菓子をどちらかが持ってきていて、それをつまみだした。休みの話はまだ続いている。

確かに休みは取りにくい。今年は立て続けに人が辞めている。四月の時点で正職員は今よりも三人多く、フルパートも一人多かった。パートの方は子どもの受験勉強のためとそれらしい理由をつけて先月辞めていったが、正職員の方は一人、また一人と辞めていき、最後の一人である川田は三か月前に突然来なくなった。

川田は今年四月に中途採用で就職してきた。以前は介護施設に勤めていた二十八歳の男だった。明るく挨拶をし、背は興毅よりも低かったが、体力はありそうだった。若い男が入ってきて興毅はほっとした。これから夜勤の日数も減り、力仕事も分担出来ると思った。実際、夜勤の間隔は空き、肩こりが軽減されていった。それなのに突然来なくなった。

川田が来なくなった日の朝を覚えている。何度も堀内主任が川田の携帯に電話をしていた。興毅は堀内の後ろ姿を見ながら、飛んだなとわかっていた。仕事が少しずつ丁寧じゃなくなっていくのを感じていた。きっと山中も水野もパートのおばさん達も気づいていた。

「すみません」

水野の声がして興毅はスマホから顔を上げた。おばさん達の間にひろげられているカレンダーを指さしている。

「この日に休みが欲しいです」

おばさん達は水野を見上げる形で止まった。空気の流れまでが止まってしまったように感じ、興毅は腰を浮かせた。水野は下旬の金曜日辺りをさしている。

「土曜日と合わせて休ませてください」

「二連休欲しいって言うの？」

発表会が聞き返す。水野は後ろに反りそうになっていた体を立て直し、頷いた。

「何でなん？」誕生日会が聞く。

「旅行で」

「それやったら夜勤には来れるんちゃうん？」

「そうやわ。金曜日は休んで、土曜日は夜勤にしてもらったらええねん。それに、まだ二か月も先やない。予定かって変えられるやんか」

発表会がのっかる。誕生日会は深く頷くということを繰り返す。水野は下を向いてしまった。

「そんな顔せんといてよー。私たちが悪いみたいやん。若いんやから。絶対に大丈夫やって。それに、ここに寺池さんおらんから最終決定は出来へんねんから」

発表会がそう言うと水野は「そうですね」と言い、備品の確認に向かった。おばさん達が興毅の視線に気づいたのかこっちを見た。興毅はその視線から逃れたくてスマホに視線を戻した。


「入りますよ」

パートのおばさんが声をかけ、カーテンをひいた。中ではベッドの上に仰向けになった老女がいる。目は開いていていて興毅とパートのおばさんが入ってきたのを眼球が追いかけてくる。おばさんが老女の横に立った。

「今からね、お口の中、きれいにしますからね」

おばさんが何を言っているのか、わかっていると思う。老女は、首を横にして止まってしまった。もう、あまり動けないのだ。パートは枕元にあるボタンを押してベッドに少し傾斜をつけた。老女の布団を足元までめくり、体を横にする。興毅はスポンジブラシをコップに入れた水につけた。

おばさんがベッドから離れ、興毅と代わる。おばさんはやってくれない。すぐに違うベッドに向かい、まだ自力で歯を磨くことが出来る患者のところに行く。

「歯磨きの時間ですよー」

横のカーテンから声が聞こえ、たまにはやってくれよと心の中で呟く。興毅は口腔ケアが苦手だった。大便をしたおむつを換えるのと同じくらい、避けたい。

老女は軽く口を開けて興毅を見上げてくる。薄い、かさついた唇の間から黒い穴がのぞいている。スポンジブラシを摑む指先が痛くなるほど冷えてきた。

「もう少し口を大きく開けてください」

黒い穴がおずおず広がっていく。興毅はマスクの中で下唇を噛んだ。内臓が、ある。残っている歯はどれも黄ばみ、黒くなっている部分もある。紫色に変色した歯茎が見え、昼食時の流動食が付着し、口の端には黄色い痰がかたまってこびりついている。

気持ち悪いと興毅は思う。食べ物が残っているのが特に気持ち悪い。

まずはこびりついた痰を柔らかくしないといけない。興毅は口腔ケア用のラックから保湿剤が含まれたスプレーを取り、痰に吹き付ける。老女の目が、冷たいと訴えるように細められる。

興毅は指先で口を広げ、上の歯と頬の間にスポンジをあてた。粘膜を傷つけないように注意しながら拭いていく。老女の眉間に皺が寄り、興毅は手を離した。

「痛いですか」

老女は黒い穴を開けたまま頷いた。乾燥が進んでいる。早くしたいのにと、地団駄を踏みたい気持ちになる。口の中を隅々までスポンジで拭きとり、口腔ケア用のウエットティッシュを指に巻き付けて舌の汚れを取り、柔らかくなった痰を取り除き、口腔内や、口のまわりに保湿ジェルを塗らないといけない。

「少しだけ我慢してくださいね」

興毅はまた老女の口を広げた。さっきとは反対側の上の歯と頬の間を拭き、汚れを取る用の水につけてから、湿らせる用の水につけてスポンジを絞り、上顎に少し力を入れて拭き取ったら、呻きが老女から聞こえた。また、手を離す。興毅はゴム手袋に覆われた自分の手を見た。

口を広げていた方の手に血がついている。口の端にこびりついた痰がなかなか柔らかくならず、裂けて血が出たのだ。老女が見上げてくる。表情のない顔が興毅を責めているように見え、何も言わずに口を開け、再開した。血がゴム手袋にさらに広がった。

口腔ケアを終わらせてスタッフステーションの近くを通りかかると、看護師の数人が慌てた様子で動いていた。その中で水野が片目を押さえて立っている。

「どうしたん」

大股で水野に近づく。押さえた手の下から涙がいく筋も流れ落ちているのに、「大丈夫です」と首を振った。それにつられてぽたぽたと顎から水滴が落ちる。さらに近づこうとしたら、やって来た看護師と共にステーションの奥に行ってしまった。

「田中さんですよ」

後ろから声がして振り返ると顔色の悪い北口が立っていた。

「何が、あったんですか」

北口は興毅に近づき話し始めた。89が夜におむつを穿きたくないと、パートのおばさんに投げつけたらしい。それを受けたおばさんが少し大きな声を出し、また89もそれに応じるように声が大きくなっていったそうだ。

「自分の大声に興奮しだしたのか、身ぶりが大きくなっていきました。最初に対応していた人が、誰か手伝ってと大きな声を出されて、水野さんが、入ってきました」

二人がかりで鎮めようとしていると89が両腕をばたばたと動かし、その拍子に指先が水野の目に入ったのだという。

「水野さんはいつも、田中さんに痛い目に遭わされている」

北口の視線が上がる。その先では水野がガーゼを片目にあてて、手当てをされている。この前は頬を殴られていた。許せないという言葉が浮かぶ。これは、いけない事だ。

「うるさい！」

声が響いてきた。89がいる病室の方だった。興毅は足を向ける。進むにつれ、堀内主任の女性にしては低い声が聞こえてくる。困ります、お願いしますと繰り返している。興毅が病室に入ると堀内主任に背を向けて89が横になっていた。堀内は太い手を89の肩に置き、名前を呼んでいる。

「田中さん、約束して下さい。もうこういうことをしないって」

布団を頭までかぶってしまった。堀内が顔を上げた。興毅と視線を合わせると眉間に皺を寄せた。興毅は堀内に近づき、伸びてきたショートカットからのぞく耳に「水野さんの手当てはもうすぐ終わりそうです」と小声で伝えた。堀内は頷いてから視線を89に戻す。

「ご家族にお伝えさせてもらいますね」

感情のこもっていない声に、医師や看護師長にも言うのだろうなと興毅は思う。そこからきっと加速して退院が早まるだろう。リハビリの経過もまずまずだった。

堀内がベッドから離れた。「やめろ」と呻き声がした。89が布団をかぶったまま、同じ言葉を繰り返す。

「何をですか?」堀内が止まる。

「言うな」

さっきよりも大きくなっている声に、興毅は肩に力が入っていくのを感じる。堀内が89に手をかけようとしたのを見て、駄目だと思うのと同時に89が大きく腕を振った。

鈍い音がし、堀内が頭を手で押さえてよろめいた。89が起き上がる。

「家族に言うなっ」

大声が響く。89がベッドの上で立ち上がろうとし、興毅は両肩を摑んで押さえる。親指がぐっと骨の下に入るのを感じ、短く声が上がる。

「落ち着いて下さい」

両肩にかけている手にさらに力を込めて行く。89はベッドの上に両手をついて、起き上がろうと反発してくるが、シーツで滑り力がうまく入らないようだった。尻をベッドにつけ、興毅に押さえられるまま背中もつけるくらいになっていく。

89の白くなった眉毛の間に皺が寄っていくのが見え、興毅は奥歯を嚙み、上からの力を加えていく。視界が狭まり、周りの音が絞られていく。もっと、と思う。

もっと、もっと、もっと――

痛いと弱い声が遠くで聞こえる。89の顔が引きつり、どんどん沈んでいく。指先に力を込め、肉の中に爪が食い込んでいくのがわかる。興毅は腹の下が熱くなっていくような気がした。じんじんとした熱が生まれている。

「小沢くん」

腕を強く後ろに引っ張られて、興毅は止まった。自分の腕にのった手を伝って見上げると、堀内の常日頃は人の良さそうな丸い顔が歪んでいる。

いたのか、と興毅は思った。

つかまれた腕を軽く揺さぶられ、興毅は89から手を離した。89はベッドの上で横になり怯えたように興毅を見上げている。

すうっと体の中に風が通ったのを確かに感じた。

堀内と病室を出ると入口のすぐ近くで北口が立っていた。見られていたのかもしれないと興毅は立ち止まる。低い背に痩せた体、真っ白の髪の量は多い。目の端には皺が多くあり、小さな目から今は感情が読み取れない。

堀内の足音が遠ざかって行く。北口の体が一度大きく震えた。上下灰色の薄いスエットで、サンダルから素足が覗いているのを見て、興毅は目をしばたいた。左足の小指と薬指がない。患者の体はだいたい知っている。しかし、北口の入浴に興毅はついたことがなかった。視線に気づいたのか、「満州で」と言う声が聞こえた。

でたよ満州。と興毅は心の中で毒づく。

満州で生まれた、満州から逃げて来たという老人にはよく出会う。何故だかわからないが、どこか誇らしげに言っているように見える。どれだけ大変だったか、どれほど辛かったか、そんな中で生き延びた事がどれほど偉い事かお前にはわかるまいとでもいうような。

「生まれが満州で。逃げる時に怪我をしました。治療が出来なかったものですから、日本に着いた頃には、切るしか」

「大変でしたね」

滑り出た言葉に北口が頷く。朝の挨拶をしているようだと興毅は思う。おはようございますにおはようございますと返しているような。頭を下げて離れて行こうとすると「大丈夫だよ」と言われた。北口を見ると、紫がかった口元を持ち上げて病室に入っていった。

何が大丈夫なのかと首をひねり、興毅もスタッフルームに向かった。

平日三時のラーメン屋は空いている。興毅は四人掛けのテーブル席につき、注文を取りに来た店員にラーメン餃子定食、ご飯大盛り、背脂多めを頼み、テーブルのコップに水を入れた。飲むと冷え切ったそれが、器官をかたどって落ちて行く。あくびが出た。夜勤明けはいくら寝ても眠い。

今日は休み、明日は日勤だった。四連続の夜勤は久々で、きつかった。三か月前に正職員の川田が、先月にフルパートの一人が辞めてしまった余波だ。

もう一度口を大きく開けてあくびをすると、口の端が切れるのを感じた。舌で触れると鉄の味がする。自分の両手を見下ろす。皺が深くなり、皮膚の筋が見える。親指の付け根辺りは粉をふいて白くなっていた。年々肌の乾燥が酷くなっている。二十代の頃に肌荒れを気にする事はなかった。

ラーメンが運ばれてきた。テーブルの上に置かれた無料の葱に手を伸ばす。葱でラーメンの表面を隙間なく覆う。興毅は麺を底からかき混ぜ、葱とからめていく。大きく口を開けると、ぴりっとした痛みがまた起こったが、そのまま麺を口に入れた。醬油の香りと背脂のうまみが口の中に広がる。

自動ドアが開いた。二歳くらいの赤いジャンパースカートを着た女の子とその母親、祖母と思われる人達が店員のうるさい掛け声と共に入って来た。

興毅の前のテーブルに着き、女の子は子供用の補助椅子に座った。メニューはすぐに決まったようで、ラーメン炒飯定食とラーメン餃子定食を頼んでいた。興毅は餃子をタレにひたし、ご飯に軽くつけてから口に入れる。肉汁が広がり、待っていましたとばかりにご飯をかき込む。

一気にかき込んだらあかんよという、京子の声が浮かんだ。互いに夜勤明けで疲れた時は、食事を作るのが億劫でよく来ていた。京子もラーメン餃子定食を頼み、いつも餃子を二つ興毅にくれていた。

子供の声が上がる。女の子が両手を上げ、テーブルを叩く。母親は「めんめ」と言いながらそれを止める。

「いたい、いたいやで」祖母が優しい声を出す。

姪のすず香もあれくらいの歳だ。興毅と二つ違いの妹は三年前に結婚し、今は和歌山の実家で暮らしている。美容師をしていたが、子供が出来て悪阻がしんどくなって辞めた。出産のため里帰りをしていたのが、いつの間にか住んでいたマンションを引き払い、夫と自分の実家で暮らすようになってしまった。

母に電話でそう聞いた時に「何でなん」と尋ねた事がある。

「あの子らお金ないんよ」

母は家に自分しかいないと言っていたのに、声のトーンを落とした。

義弟の実家があまり裕福ではないとは聞いていた。義弟は車の部品を作る工場に勤めており、給料がいいわけでもないのに仕送りをいくらかしているそうだ。しかも、会社で派遣の割合が大きくなってきており、正社員でいられるかどうかも危ういとも母が教えてくれた。

母親は盆や正月に帰ってこいと言うが、興毅の部屋は妹夫婦の寝室になってしまい、リビングに布団を敷くしかない。妹の旦那は気がいいので、僕がリビングで寝ますと言って笑ってくれる。しかし、興毅のベッドは既に捨てられており、義弟のベッドを使う気にはなれなかった。すず香にしても可愛いが、懐いてくれるまで二時間程かかり、疲れる。

年々居場所がないことを思い知らされ、正月に日帰りしただけだ。今年もそろそろ電話がかかってくる時期だった。

ラーメンと餃子を食べ終わり、ご飯の残りとスープを交互に口に入れる。女の子は母親と祖母からもらったラーメンをプラスチックのお碗に入れ、食べさせてもらっている。

自分にもあれくらいの歳の子供がいてもいいはずだと思う一方で、俺にそんなことが起こるはずがないとも考えてしまう。妹は運がいい。早くに結婚をし、実家に転がり込んだ。あいつは今、働いていない。本当だったら、自分があの家をもらってもいいはずだ。

京子の声がまた浮かぶ。「興毅のためにそこまでせなあかんのかな」

あくびをし、両肘をテーブルにつく。眠い。家に帰ってこのまま寝てしまいたい。トイレットペーパーとラップがなかったように思う、発泡酒も食パンもない。洗濯ものが溜まっている。掃除もした方がいい。わかっている。しかし、眠い。

両手で顔をこする。昔は、夜勤明けでもそのまま遊びにいった。今は、日常生活もままならない。

体力勝負の仕事だ。いつまで続ける事が出来るだろう。手取りは二十四万ほど。昇給は望めない。今の状態で結婚をするとなったら必ず共働きになるだろう。それを許してくれ、産後も働いてくれる女。そうでなければ、自分の幸せは薄いかもしれない。

働いて、子供を産んで、家事をして、子供を育てて、働いて。そこまでしてくれよと興毅は思う。俺だってする。手伝うなんて言い方もしない。ちゃんとするのに――京子の顔が浮かぶ。何がわかる。まだやってもいないのに、想像だけで何故決めたのか。

彼女が出て行く時にもっと引き止めれば良かったのだろうか。腕を握り、そのまま押さえつければよかったのか。最後にもういっぺんだけさせてくれと頭を下げれば、させてくれたのか。

「おいしーね」

母親の声がした。女の子が麵を手で口に入れている。祖母が口もとをぬぐう。三人のゆったりとした空気は乳の匂いがする。興毅は立ち上がり伝票を見た。９７０円。うまいけど、高いよなと思いながら財布を尻ポケットから抜いた。

片岡明子が水分の多いお粥をスプーンに半分すくい、溜息を漏らした。いつもの朗らかな雰囲気はなく、目に色がない。茶碗の中は半分以上残っている。

昨日からお粥、ゼリーなどを食べられるようになったが、食べると腹が痛くなり、また呼吸も苦しくなるようだった。看護師にそのことを伝えたらしいが、腹はわかるが呼吸が苦しいのがわからないと言われたまま、返答がないとこぼしていた。

「お粥はやめて豆腐にしますか」

湯通しされた豆腐にダシ醬油がかかっているのを興毅は持ち上げた。片岡は笑おうとして上手くいかなかったのか、そのまま俯いてスプーンをお粥につけてしまった。

「すみませんね。私にばっかり時間かけてられへんやろうに」

「気にしないで下さい」

半分本当で、半分嘘だ。食事の時間が終わりに近づき、食器の回収を行っていた。片岡のところに来た時、ほとんど手つかずで、少しでも食べてもらおうと回収を他のパートに任せ、横についたのだ。確かにずっと見てはいられない。午後の風呂の準備が待っている。しかし、片岡といる方が楽なのでパイプ椅子から尻が浮かない。

豆腐が入った小鉢を片岡の前に置くと、溶けた米粒がついたスプーンでほんの少しすくって口にもっていった。片岡の顔が上がり、興毅を見る。

「こっちの方がまだ食べられそうですわ」

ほっとしたというような口ぶりに、興毅も息をつく。嚙み砕くことや飲み込むことには普段意識していない筋肉が必要で、使っていないとその筋力が落ちていく。

片岡がスプーンを口に運ぶのを見て「ゆっくり」と声をかける。手が止まり、興毅を見る。歳の割には黒く透き通った目は、いつも小さい女の子を彷彿させる。

「小沢さん、ありがとうございます」

さげられた白髪の頭に返す言葉が上手く浮かばず、首を振って流した。片岡はいつものように朗らかに笑い豆腐に視線を戻す。

人によって違います、興毅は口に出さずに語りかける。片岡は亡くなった父方の祖母に似ている。祖母には優しくしてもらった記憶しかなく、叱られたといっても、興毅が危ない事をしたためで注意と心配が混じり合ったものだった。その叱ってくる声を聞くと祖母にとって自分がなくてはならない存在だと言われているようで、興毅は嬉しくさえなった。父方の祖母だけではない。祖父にも、母方の祖母にも甘やかされた。

この仕事についたのも祖父母達の影響がある。勉強が好きではなく、大学に行ける経済力もなく、専門学校だけでもと頼み込んだ時に手に職をつけるならいいと言われた。これから需要が多くなり、食いっぱぐれがなさそうで、興毅の学力を加味して出てきたのがこれだった。

「おばあちゃん達好きやもんな」

実家で介護士コースがある学校のパンフレットを並べて見ていると母にそう言われた。

高齢者というものはたいがい優しいものだと思っていた。祖父母の家にたまにいる老人達も興毅に優しかった。お菓子やジュースをよく与えてくれて、座っている椅子に敷かれているクッションを、もう十代なかばであった興毅に譲ってくれた。これらの思い込みは研修でそうそうに打ち壊された。

うちの祖父母達は特別自分に優しいのだろうと分かっていた。専門学校の教室で学んでいたし、日常生活で横柄な態度の高齢者を目にすることもあった。しかし、一度に多くのそういった老人達を目にすると自分が思っていた以上に心臓の動きが速くなり、手の内側がぬめった。

歳を取り過ぎた人の中には戻って行く人が多くいる。子どもの頃に。生まれた時に。身体も心も溯って行く。

足音がし、顔を右側に向けると中年の女性と二十代くらいの女性が立っていた。

「また来てくれたんか」

片岡の嬉しそうな声がし、顔をそちらに向ける。口角が上がっている。

「体調はどうなん?」

若い女性が話しかける。どことなく、片岡に顔のつくりが似ている。片岡は「ぼちぼちやなぁ」と品の良い声で答えた。興毅に話しかける時の、ほんの少しだけ甘えてくるような雰囲気はなかった。片岡は興毅に顔を向けた。興毅が耳を近づけると、

「姪とその子供です」

とっておきの秘密を打ち明けるように興毅に囁いた。興毅は立ち上がって、二人に会釈をした。

「食べている間、付き添っていただけますか」

医師から説明を受けているのだろう、中年の女性はわかっていますというように頷き、頭を深く下げ「ありがとうございます」と言った。若い女も同じように頭を下げる。興毅はベッド

を離れた。部屋を出る時にはにぎやかな話し声が聞こえ始め、もうすぐ退院だろうなと興毅は風呂の準備に向かった。

89は中が椅子型になっている湯船に座ると、体の中の悪い物を出しきるように息をついた。興毅はちゃんと尻をつき、浴槽の横についている手摺を握っていることを確認し、89の背中側から両脇に入れていた腕を抜いた。

興毅は立ち上がりながら息を抜く。そのまま湯気を余分に吸い込みそうになり、ぐっと止めた。老いが溶けだした湯気を吸い込むと、自分の老いも加速するような気になる。目の端でフルパートの寺池が脱衣所に向かったのが見えた。

89がまた長く息を吐くのが聞こえた。どこか心地良さそうな響きに、薄い後頭部を睨みつける。水分を含み身体にへばりつくTシャツが気持ち悪い。短パンの裾をさっきシャワーで濡らしてしまい、冷たくなってきている。

興毅は使用したタオルをカゴの中に入れ、風呂椅子と湯桶をシャワーで洗い流し、タイルにぬめりが残っていないか足の裏で確認しては流していく。滑り止めのマットの上を流し、89を見る。手摺から片手を離し、湯を掬い顔を洗っている。

「手摺から手を離さないようにしてください」

89は興毅の言葉には答えず、ちゃぽんと気の抜けた音を立てて湯の中に手をつける。手摺を摑むのかと思ったが、湯の中で手を遊ばせている。

奥歯を噛み、クソがと罵りそうになるのを止める。興毅は89に視線を送りつつシャンプーなどに不足がないか見て行く。89はやはり片手を離したまま、湯船に浸かっている。手摺を持っておいてくれ。興毅がこの病院に勤める前に、浴槽の中で患者が滑り溺れる事件があったそうだ。それ以来患者には浴槽の中では手摺を掴んでもらうというのが病院ルールになっている。

擦りガラスの引き戸が開く音がした。寺池が興毅の方に向かい、「時間ですよ」と言う。興毅が89に近づくなり、露骨に嫌な顔をされた。

「もう少しくらいあかんか。週に二へんしか入られへんのに」

「次の方が待っていますから」

湯船の栓に手を伸ばす。二回でも負担だった。その分、病室に残っている患者への対応人数が減る。それで文句を言うのは89のような患者達だ。ステンレスの鎖を引き抜く。徐々に湯が下がって行くのを横目に、興毅は寺池から受け取ったタオルで拭いていく。拭いたところには新しいタオルを当て、体温が下がらないようにする。

「手摺を持って、ゆっくり立ち上がってください」と興毅は言った。

一応、手摺に視線を向けると片手しか持たずに立ち上がろうとしている。

「ちょっと待って下さい。ストップ、ストップ！」

寺池が興毅の声に気付いたのか、戻って来て89の横に立つ。89は片手だけで立ち上がろうとし、寺池は「待って、待って」と89の肩に手を置いた。89は、中腰のままで止まった。

「こんなんで止められる方が危ないやろが」

「危ないから、お願いやから一旦座ろう」

89は寺池を見て、鼻に皺を寄せた。ゆるゆると腰を下ろしていく。尻が浴槽の中の椅子につくまで、興毅は凝視した。しっかりとついたのを見て肩の力を抜く。寺池が89の手を取って手摺に置いた。

「両手でしっかり持って」

89は手摺から手を離した。興毅の口から驚く声が漏れた時には、89は寺池の首に両腕を回していた。はらりと89からタオルが落ち、寺池から小さな叫び声が上がる。すぐに寺池はぺちぺちとまだ水分を含んだ89の腕を叩いた。

「あかんよー」

笑いを含んだ声に、興毅は偉いなと素直に思った。自分だったらこんな声は出せない。ぺちぺち、ぺちぺちと叩く音が続き、興毅は叩かれている腕を見た。赤くなっている。興毅は寺池に視線を上げた。途端、後ろに下がりそうになる足に力を入れた。寺池は興毅を睨みつけ、何とかしろと言うように、顎をしゃくった。興毅は89の肩に手を置き「早く服を着ないと湯冷めしてしまいますよ」と出来るだけ柔らかく声をかける。

89は首を振り、そのまま寺池の喉に擦りつけていく。寺池の顔が目も当てられないくらい歪んでいくのを見て、俯いて下唇を噛んだ。笑い声が漏れそうだった。興毅は唇の端がつり上がるのを必死で止める。

悲鳴が響いた。89が椅子から滑り落ちそうになっているのを寺池が背中を抱えて止めている。興毅が慌てて後ろから支える。89は寺池に巻き付けた腕にさらに力を入れた。寺池の首に額を当て、擦りつけ、顔を上にしようとして、これは違うのではないかと興毅は89の胸を抱いた両腕に力を込めた。

喉の奥から絞り出されたような苦しげな声を89は上げた。89の腕の力が弛んだのか、寺池はするりとその場から離れる。興毅が椅子に座らせようと動くと、駄々をこねるように両腕を動かしたので、さらに力を加えて胸をしめる。ぐうっと漏れる声が聞こえた。

「座って下さい」

灰色の耳毛がのぞく穴に低く囁く。89の視線が興毅に流れ、目に力を込めた。89の目が泳ぎ出す。また少し力を加えると、何度か頷き椅子に座った。

89の身支度を整えて送り出してから、「ありがと。助かったわぁ。やっぱり男の子やな」と感心したように寺池に声をかけられ、まんざらでもない気持ちになった。

家に帰り、手を洗おうとするとテーブルの上に置いたスマホが震えた。液晶画面には母と表示があり、どうせ正月に帰って来るのはいつかと聞いてくるだけだと洗面所に向かった。振動の音が切れるのが聞こえ、腕まくりをして蛇口を捻るとまた振動が耳に入ってきた。

興毅は開いたドアから台所を見る。スマホが振動で少しずつ位置がずれ、テーブルの端まで来ていたので、蛇口を閉めてスマホに手を伸ばした。

手の中で振動が止まり、テーブルの真ん中に置こうとしたら、また震え始めた。興毅は肩に力が入るのを感じる。着信はやはり母で、三回も連続してかけてくることはあまりない。以前、連続してかかってきた時は祖母が亡くなった時だったと通話のアイコンに指先で触れた。

興毅が何か言う前に息をつくのが聞こえ「母さん？」と問う。

「出てくれて、良かったわ」

声の伸びがいい。周りの音もしない。母は今、家に一人でいるのだ。一人でないと出来ない話をされる。肩の張りが強くなっていく。嫌な、感じがする。

「どうしたん？」

「詠美ちゃんに二人目が出来てん」

興毅の口から気の抜けた声が漏れる。妹の詠美の顔が浮かぶ。興毅とは似ていない、父親似のえらの張った輪郭。奥二重の目につるりとしたボブの髪型。また、金がいるなと考えが飛ぶ。出産祝い、紐銭、そうだ、すず香にお年玉を用意しないといけない。

「そうなんや」

そう言ってから、こんな時何か言わなければならない言葉があったと興毅は思う。何か、もっとふさわしい言葉があったはずだ。

「それでな、勇介くんがリストラにあってん」

ゆうすけくんと声を出さずに呟き、妹の旦那の顔がちらついた。柔和な雰囲気のふっくらとした男。リストラにあった。リストラ、首切り、無職。

「リストラ？」

「そうやねん」

「産むんやんな？」

「当たり前やろっ」

強く打ち返して来た返事に怒りが含まれているのがわかる。いらない事を言ったと思う反面、ではどうして、喜ばしいことを誰もいない時間を見計らって電話してきたのか。父はまだ帰っていないのか？　勤めていた電気器具の部品を取り扱っている会社を定年退職したが、再雇用となって働いている。テーブルの上にある四角い置時計は八時を回っている。残業をしなくなったと言っていなかったか。

「お父さんは？」

「残業でまだやねん。お母さんもお店からさっき帰って来たとこ」

母の言うお店とは、クリーニング屋のことだ。ずいぶん前からパートとして働いている。数年前から経営母体が替わったそうで、朝は八時から、夜は十一時まで開いている。効率化が求められ、一人で切り盛りする時間が長くなったとこぼしていた。

「父さん、残業はなくなったって言ってなかった？」

「人が減らされているんやって。それに、残業してもらった方が助かるし」

誰が助かるのだと興毅は思う。詠美とすず香と勇介くんではないか。このまま電話を切る事は出来ないかと耳から少し離す。母に頼まれて毎月四万円を実家に送金している。その金は両親だけではない、詠美の家族も助けている。母が大きく息を吸った。興毅はスマホを持つ指に力が入るのを感じる。

「もうすぐ三か月やねん」

興毅が「そうなんや」と返したら、会話が止まった。詠美はどこにいるのだろう。旦那の実家だろうか。たまに泊まりに行ってあげなあかんねんと言っていたことを思い出す。孫の顔見せろって電話くるねんと頬杖をついていた。

「それ、だけやねんけどな」

最後の方の母の声がひどく疲れていて「ちょっとなら」と興毅は言っていた。

言ってから、ざらざらする頬を撫で、記帳していない通帳の残高を浮かべる。いくらくらいあったか。

「六万ならいけるよ」

「いや、そんなん。そんなつもりじゃ」

「お祝いやから」

そうだった。さっき思い浮かばなかった言葉は、おめでとうだと頬を撫でる手を止める。

子供が出来て、おめでとう。

「興毅、ありがとう」

最近よくお礼を言われるなとストレッチをするように口を大きく開けた。唇の端にぴりっと痛みが起こり、また切れたと指の腹で触った。

89の病室が見えてきて、興毅は歩調を緩めた。覗いてやろうという気持ちがむくむくと起き上がってくる。この前から少しだけ、ほんの少しだけ意図的に力を加える事が多くなっている。

大した事はしていない。風呂に入れる時に手摺につかまらせるために指を上から握る、夜用のおむつを渡す時に布団の上に投げる、食事の際にはトレイを音を立てて置くなど無表情を心掛けて行うようになった。

これだけの事なのに、興毅が近付くと目を逸らすようになり、言う事をきくようになってきた。89の興毅に対する変化を察したおばさん達の興毅に対する評価も変わってきているように感じる。

興毅が89の介護をしている時には静かになると知れ渡っているようで、89がぐずりだすと興毅が呼ばれる。それはそれで面倒なのだが、おばさん達が頼み込んで来る姿は無様で、他の仕事を代わってもらっている。

出入り口から89のベッドを見る。仕切りのカーテンが閉められている。興毅は吸い込まれるように中に入った。他の三つのベッドのカーテンも閉まっている。興毅は89のカーテンの隙間から中を覗いた。89はベッドの上に座ってテレビを見ていた。眺めていると、89が興毅の視線に気付いた。目がみるみる見開かれていき、耳からイヤフォンを離し、布団をかぶって怪我をした左脚をかばいながら背を向けた。

興毅は自分の口元が緩んでくるのを感じ、下唇を噛んだ。

89のベッドから離れ、廊下に出る。俯いて声を出さずに笑う。どうしてこんな歳になるまで気が付かなかったのだろう。こんなに簡単なことならば、もっと早くからやっておけば良かった。

スタッフステーションを通り過ぎたところで名前を呼ばれた。北口がゆっくりとした足取りで、興毅の所までやって来た。「これ」と手にしていたコンビニのレジ袋を差し出される。中にはシュークリームが入っているようだった。

「見舞いに来てくれた人から頂いたのですが、私は甘いのが苦手で。良かったら」

「こういうのは、ちょっと」

基本的に患者から物を貰ってはいけない。片岡からのものは飴やパックのコーヒー牛乳で、一人で消費しきれない程沢山あり、介護士や看護師に偏りなくたまに渡されるから黙認されているが、本当は駄目だ。

興毅が手を出さないでいると、北口は「私は食が細くて」と困ったように言った。風邪をこじらせて肺炎になり、熱の上がり下がりを繰り返しているので入院している。今日は熱がないのか顔色はいいが、ひどく痩せている。頬がこけ、目の周りの皺が深い。食事もよく残し、食器を下げる時に注意されているのをよく目にする。食事を摂って欲しいと引継ぎで書かれていた。

北口は周りを見て、「今なら誰も見ていない」と興毅の手にコンビニの袋を握らせた。

「捨てるのはもったいない。それに田中さんのことでよくしてもらっていますから」

「何もしていませんよっ」

「そんな事ない。ずいぶん静かになった」

興毅は返そうと北口にコンビニの袋を差し出すと、北口は手を後ろにし、頭を軽く下げ行ってしまった。89のことで同室の患者達から苦情が来ていた。患者だけではなく、その家族達にも不満が溜まってきているようだった。

袋の擦れる音がし、視線をやる。シュークリームは長いこと食べていない。これから興毅は昼食の時間だった。一つくらいいいよなと思う。他の人も貰っているのを見たことがある。見舞いと北口が言った事を思い返す。珍しいと興毅は思った。北口が入院してから、見舞客を見たことはなかった。

コンビニ飯を食べ終わり、シュークリームに齧り付いた。まったりとした甘さが舌に染み広がる。奥の席からショートパートとフルパートのおばさん達三人がテーブルの上にカレンダーを置き、休みの話をしているのが聞こえてきた。目の端で水野が動くのが見えた。おばさん達に近づいていく。以前昼休みに、二連休が欲しいと水野が言っていた姿が重なる。

「この日とこの日に休みが欲しいんですが」

水野の声がしてから、すうっと音が引いていった。さっきまで響いていた、お互いを探り合うのを隠すための笑い声がなくなっていく。視線を向けると水野はおばさん達を見ずに、カレンダーを指した自分の指先に顔を向けている。興毅はシュークリームの半分を口に押し込む。

口いっぱいに広がった甘みは霧のように消えていった。

「お願いします」

水野は頭を下げなかった。人差し指はカレンダーを指したまま動かない。コンガンという言葉が頭に浮かび、どんな漢字だったかと思う。指を舐め、スマホに入力する。懇願。ひたすらお願いする事。関連語、泣きつく。横からパソコンのキーボードを打つ音がする。堀内主任の丸みを帯びた背中がある。聞こえているはずだ。

「金曜日と土曜日で二連休が欲しいん？　職員さんは普通、土日は休んだらあかんのとちゃうの？」

寺池が言った。土日に休みを取ってはいけない事にはなっていない。今は人が足りなさ過ぎて、暗黙の了解でそうなっているだけだ。

「この前も言ったけど、金曜日は休みにして土曜日は夜勤で入ったらええやん」

以前、発表会で休みたいと言っていたおばさんが言い、寺池が「それでええやん」とこれで決まりとばかりの大き目の声を出す。

「一日だけ休みあげるから、それでええやろ」

あげるからとはどの立場で言っているのかと寺池を見た。腕を組み、少し首を傾げ無表情で立っている。聞こえているだろうに堀内のキーボードを叩く音は止まらない。

水野の「でも」と言う声が聞こえ、顔を向ける。

「この日は帰って来る時間が遅くて、夜勤に入るのも遅刻してしまいます」

「それやったら、早く帰ってきたらええやん。仕事やねんから。当たり前やろ」

寺池が被せる様に言った。すごいなと興毅は思う。自分の事しか考えていませんという宣言をしている。水野が俯く。

若い時は少しくらい無理をしても大丈夫。私が若かった時はもっとひどかった。結婚して子ども産んで働いているんやで、それに比べたら。ええやん、一日休めるんやから。

おばさん達の声がうようよ実体をもって動き出す。水野の身体に言葉が巻き付き、彼女の動きを奪っていく。固まってしまった水野の横顔を見る。どうしてだろうと興毅は思った。きっぱりと言えばいい。何が何でも休みたいと。本当に休みたいのなら、堀内主任に許可を貰えばいい。言ったらここで働けなくなるとでも言うのか。言わない事によって被害者になり、それで誰かが助けてくれるとでも思っているのか。休まない事を受け入れれば、休まなくてもいい人になるだけだ。さっさと言う側に回ればいい。言わないでいる方が楽だというのならそれを押し通せばいい。受け入れられずに中途半端にしているから、毎回休みで悩まされるのではないか。自分で損をする方に向かっている。

バカだと興毅は思う。なんてバカな女なんだろう。これが大学を出た女がすることなのだろうか。

おばさん達の声が和やかになっていく。その一方で水野に巻き付く実体を持った声が彼女を締め上げていく力は強くなっているようで、水野の顔から表情が抜け落ち、酸欠のように色がなくなっていく。水野が何も言っていないのに、自分達の休みの話に移っていっている。水野が顔を上げた、今にも泣きそうになっている。潤んだ目に、色がさした頰。いい顔だと口の中に唾が溜まるのを感じる反面、被害者面だとも思う。そっちに甘んじているのは自分なのに。そうすることで自分を守っているくせに。自分は嫌な気持ちにさせられている方だと。何も悪いことをしていないのに、と。

興毅は首を振った。他人の休みの話だ。加熱式タバコを持ち、立ち上がったら強い視線を感じた。水野が見つめてきていた。助けを求める目。寺池も興毅を見た。「二連休はあかんよね」と声をかけてきた。同意をする前提の言い方に、薄く口が開く。何故、全員が自分と同じ意見だと思えるのだろう。

「たまにはええんやないですか」

水野の目の潤みが増す、ババア達が一斉にこっちを見てきた。しょーもなっと口に出してしまいそうになるのを、唾を飲み込んで抑える。

「でも、二日連続はあかんでしょう」

発表会が言ったのを見て、「三連休とった人もいたでしょう」と声を張る。発表会が黙り、他の三人の視線がそっちに振れる。笑い出しそうになるのを下唇を噛んでおさめてから「三連休取っていたのは、もういいって事になったんですか」と首を傾げてみる。

ババア達の視線は発表会からはずれず、水野の頰に色が入るのを興毅は見逃さなかった。

「タバコ吸ってきます」

興毅を見ていた堀内に会釈して部屋を出た。ぬるい空気が充満している廊下を歩きながら、水野の潤んだ目を思い出す。水野も悪いよなと思う。結局、二連休をもらうのだろう。被害者ぶったまま得をするのはよくない。いけない子、いけない子、いけない子と興毅は歌った。

89をリハビリに連れていくために、興毅は病室に向かった。89は一人で歩けるようになってきている。水野や堀内に手を上げた事から退院が早まると踏んでいたが、退院時期の話は出ていない。家族がここにいる事を求めているのだと興毅は思っている。89は一人暮らしで、他県に住んでいる子供が二人いる。89の家族が見舞いに来たのを興毅が見たのは一度きりで、息子と思われる男性が一人で来ていた。六十歳くらいで、スーツ姿だった。カーテンの隙間から覗いただけだが、89は俯いたまま息子がぼそぼそと話す事を聞いていた。

病室に入り、89の仕切りのカーテンと対面する。田中さんと声をかけた。反応がなく、カーテンに手をかける。

「リハビリの時間です。入りますよ」

さっきよりも声を大きくしてカーテンを引いた。89はベッドの上で横になっていた。布団を首までかぶり、きつく目を閉じている。薄くなった頭、深い皺がいくつも刻まれている額、骨ばった首筋からは老いの臭気を放っている。89が歯を食いしばった。呻き声が口の端から漏れ、言葉のようなものが聞こえた。「わ、ない」と言った気がする。興毅は89に寄る。マスク越しから人の清潔ではない肌の臭いがしてくる。

「しかたないんや」

はっきりとそう言うのが聞こえた。仕方ない？　と首を傾げる。「何が」と興毅は自然と尋ねるような口調で89に声をかけた。89は首を左右に振り、「俺は悪ないっ」と大声を出した。興毅はベッドから離れた。89は横になったまま、大きく目を見開いた。荒くなった息が聞こえ、89は布団から両手を出して顔をこすった。

「田中さん、どうしました」

89の身体が一度大きく震え、眼球が興毅に向けられる。89の唇が薄く開き、「へいたい、の」と言って閉じられる。

「へいたい？」

兵隊、か？　「兵隊やったんですか？」と興毅は聞いた。89はぶるぶると首を振り布団をかぶり直し、「ちゃう、ちゃう」と言いながら身体を丸める。

「うなされていましたよ。仕方がないとか、俺は悪くないとかおっしゃっていましたよ」

「知らん」

「どんな夢を見ていたんですか」

「見てない」

「見てないことないでしょう」

「覚えてない！」

89が上半身を起こし、興毅に吠えかかった。興毅はすぐにベッドに近づき、89を見下ろす。

舐められてたまるかと顎を引き、睨みつける。89の視線が泳ぎ、逸らされ、俯いた。

「覚えてない」

興毅は睨みつける力を緩めず「リハビリの時間です」と感情を乗せずに言った。89はのろのろと布団をはぎ、ベッドから足を下ろした。

「時間が迫っています」

聞こえているだろうに、ベッドに両手をついてゆっくりと腰を持ち上げていく。背筋が伸びたのを見て、興毅は腕をとった。89が床から足の裏を離さずに進み出す。興毅が一歩のところを89は五歩かかる。

早くしてくれよと89を摑んでいる指先に力が入る。時間通りに入らないと理学療法士に嫌な顔をされる。車椅子に乗せたい。けれど、治療という点で乗せられない。面倒くさいという思いが、舌打ちとなって漏れる。

「急いでください」

89が興毅を見て、足に力を入れるのが見えた。ずる足がさっきよりもほんの少しだけ速まり、興毅も89を引っ張る力を強くする。エレベーターが見えてきて、さらに興毅は自分の一歩を大きくする。先に下に向かうボタンを押しておこうと興毅が手を離したら、ドンッと後ろで音がした。振り返ると89が床に両手、両膝をついて四つん這いになっている。

慌てて近寄り様子を見ると、膝を少し打ったくらいで特に大きな怪我はなさそうだった。興毅は口から長く息を抜き、立ち上がらせようと手を伸ばすと89が笑っていた。

口の両端をぐっと持ち上げ、声を出さずに笑っている。眼球は興毅の様子を見逃すまいと、じっと見てくる。背筋に爪を立てられ一気に引っ掻かれたような痛みが起こった。興毅は伸ばしていた手を89の襟元にもっていき、引き上げた。

89の顔が引きつり、息が詰まる声が漏れる。何と言えば上下関係をわからせる事が出来るか。一番効果的な言葉は何か。頭の中の言葉を追いかけながら睨みつける目に力を入れていると人の足音がした。89を見ると顔を真っ赤にし、口の端から涎を垂れさせている。

慌てて手を離し、「大丈夫ですか」と問いかける。89の目が血走っている。やり過ぎた。89が咳き込んだ。ゴホゴホと大きく咳をしながら廊下に手をつく。背中が上下に波打っているのを見て、取りあえず背中を撫でる。足音がすぐ側まで来た。顔を上げると見舞いに来たと思われる中年の女性が、興毅達を一瞥し通り過ぎて行った。

足音が遠くなり、89の息が整っていく。興毅は背中を撫でる手を止め、立ち上がって89の腕を摑んだ。

「立ってください」

89が首を振る。痛いと呟くのが聞こえた気がしたが、骨の形を手のひらに感じながら力をさらに込め、引っ張る。「痛いっ」と89が興毅を見上げた。興毅は首を振る。時間がない。とにかくリハビリ室に連れて行かなければならない。

「時間がありません」

89が興毅に摑まれていない方の手を床につき、立ち上がった。興毅は周りに注意しながら、

89の腕を引いてリハビリ室に向かった。理学療法士にこけてしまった事を伝え、部屋を出ると指先が痺れているのを感じ、立ち止まった。何度か手を握って開いても痺れが取れない。

力の加減が危うくなってきていると廊下を進みながら思う。89から少し離れた方がいい。最近興毅は89の担当のようになっていた。興毅の名前を出すだけで静かになるらしい。パートのおばさんが笑いながら教えてくれた。本当の担当は水野で、今もそれは変わっていない。

水野が世話をすればいい。そうだ、と興毅は思う。水野はいけない子だった。罰を受けなければならない。

一緒に夜勤に入る日はいつだったかと、興毅は足を速めた。

タイル張りの洗い場は、足元から冷気が伝ってくる。スニーカーに包まれている足の感覚が遠い。寒波だとテレビのニュースで流れていた。興毅はゴム手袋をし、ステンレス製のシンクの中に置いた洗面器に水を張った。ピンク、ブルー、白のプラスチックで出来た大きさや形はまちまちの入れ物が並んでいる。

ピンクの容器を手に取り、蓋を開けた。中には入れ歯が入っている。容器と歯の形を見ただけで、ある程度どの患者の物かわかる。奥歯の部分入れ歯が二つ入っていた。取り出し、ピンクの容器を洗い、水を入れて洗浄剤を落とした。次に、部分入れ歯の一つ目を水で洗い流す。軽く汚れとぬめりを洗い落とし、入れ歯用のブラシで細かいところを擦っていく。入れ歯と留め金の間に、緑色の物が挟まっているのが見えるのだが、なかなか取れない。興毅はブラシを置き、爪楊枝を手にした。食い込んでいるのを指先に力を入れ、くいくい、くいくいと少しずつ取っていく。最後は指で挟み、引き抜いた。

「取れた」

呟いた声が部屋に響く。ほうれん草の茎の部分に思えた。取れた嬉しさが、ふわっと浮き、すぐに沈んだ。

水に濡れたゴム手袋の指先が冷たい。こんな事で喜ぶしかないのかと思う。人の口の中を洗い、入れ歯も磨いていく。黒い穴が浮かんでくる。茶色くなっている歯、紫色の歯茎、黄色い痰、血が噴き出してくる頬の内側。こんなことをする為に毎日起きて、食べて、働いているのかという思いがさらに足の裏や、指先を冷やしていく。

磨き終わった部分入れ歯をピンクの容器に戻し、もう一つの部分入れ歯を手に取る。流水でぬめりを取る。ブラシで擦り、容器に戻す。

ブルーの容器を手に取り、並んでいる容器を見た。全部で十四個。夜勤の間に入れ歯を洗うのがルーティーンになっている。一時間半ほどかかる作業だった。

「すみません」

横にあるドアから看護師が顔を出した。中年の女性で、どっしりとした体の前に透明なゴミ袋に入ったシーツを抱えている。

「患者さんが急にもどしてしまって、申し訳ないんですけど、クリーニングに出す準備をしておいてもらっていいですか」

看護師は興毅の後ろの床にシーツを置いた。

「専用のビニール袋のストックがきれていて、ここ来たらリネン室も閉まってて。ほんまは私がやったらええんやけど、すぐに戻らないといけなくて。お願いします」

看護師は早口で言い訳を並べると、走って行ってしまった。

興毅はシーツを見た。勘弁してくれと思う。隣のリネン室を開け、専用のビニール袋に入れてラベルを貼り、自分の消毒をしなければならない。紙エプロンもした方がいいだろう——床に置かれたためか、シーツの隙間から、黄色いぐちゃぐちゃとした物がこぼれているのが見えた。

吐き気を引き起こす臭いを思い出す。吐しゃ物の処理をしている時、自分がとても位が低い人間になったような気分になるのだ。

黄色いぐちゃぐちゃした物の中に、緑色の筋が見えた。興毅の胃がぐっと持ち上がった。当分、ほうれん草が食べられない気がした。

入れ歯の洗浄と、シーツの準備を済ませてスタッフルームに戻った。今夜一緒に夜勤に入っている水野の姿がなかった。時計を見ると、体位を変える巡回の時間になっている。興毅はしゃがみそうになるのを堪え、トロッコを押してまた廊下に出た。

興毅の受け持ちの病室を回り89の病室の近くに来て、水野が出入り口近くで立っているのが見えた。前にもこんな事があった。水野は興毅がやって来たのを見て、歯を見せて笑った。

嫌な笑顔だと興毅は思う。代わりにやってくれるはずだと思っている顔。

「まだ終わっていないの？」

水野は首を縦に振り、「後はここだけです」と申し訳なさそうな声を作りながら、それでもやっぱり笑った。聞こえるように溜息をつく。期待に染まっていた頬に陰りが入るのを確認して「休憩、早く入りたかったんやけど」と言った。

「すみません」

「そんなんええから。一緒に早く終わらそう」

中に入ると鼻を刺す臭いがした。わざとではなく溜息をつく。89のところからしている気がしたが興毅は89を通り過ぎて奥に向かう。背中に水野の視線を感じながら、奥の左側のカーテンを捲る。一人で寝がえりがうてなくなっている老人はよく眠っている。左側が下になっているのを仰向けにしようと布団に手をかけると「わっ」と声が広がった。

ベッドから離れ、水野の所に向かう。水野は胸の前で両腕をクロスするようにし、89はベッドの上に横になったまま、薄眼を開けていた。水野のすぐ後ろに立ち、形のいい耳に「どうしたん」と息を吹きかけるように聞いた。水野が弾かれたように興毅から顔を離し、振り返った。薄暗い中でも大きな目が見開かれていくのが分かる。

89を見下ろすと布団を頭までかぶった。眠ったフリかと思ったら、すぐに鼾をかきだした。ろくでもねぇなと思いながら水野を見る。自身の体を抱いている両腕に力が入っている。

「水野さん」

びくりと両肩が持ち上がる。興毅は人差し指で出入り口をさす。病室から離れ、廊下に誰もいない事を確認してから「何があったん」と聞いた。水野の視線が泳ぐ。

「何があったんや」

「胸を」

「何？」

水野が俯いてしまった。顔を上げて欲しい。色のない目が、薄く開いた口から覗く赤色が見たい。

「水野さんが田中さんを苦手やって思っているのは知ってる。でもな、患者さんに対してそう思うのってどうかなとも思う。仕事やからな」

「すみません、苦手とかそういうのじゃなくて」

「ほんなら、すみませんってどういう気持ちで言うてんの？」

水野の顔が上がる。唇がかさかさしている。噛みつきたいと思う。きっと柔らかい。唾液はとても甘い生きている味がするはずだ。また、すみませんと微かな息が漏れる。興毅は水野に近づく。シャンプーの香りがする。89の気持ちもわからなくはない。薄紅色をした空気を深く吸う。

「わかったから。後やってきてくれる」

水野が顔を上げる。興毅の黒い影が、水野の眼球に映る。許しを請うような視線に、もっと何かいい言葉はないかと思う。もっと、自分に縋り付いてきてくれるような――

足音がした。振り返ると出入り口の近くに北口が立っていた。自分がした事を巻き戻して思い返す。大丈夫だ。病室には一緒に入った。ここでは後輩を指導しているだけ。

「水野さん、やってきて」

水野が唇を噛み、俯く。これは、罰だからと興毅は思う。水野は頭を下げて病室に戻っていった。北口は水野の後ろ姿を追ってから、興毅に顔を向けた。

「すみません、起こしてしまいましたか」

北口は首を振る。「もとから起きていました。足が冷え切って」

今年は厳冬だ。興毅はバイク通勤をしているが、あまりに風が冷たく、電車で来る日も出てきている。

「毛布を借りてきましょうか」

「頼みます。これくらいで寒いと言ってはいけないでしょうが。満州はもっと寒かったのに」

満州は寒い？　そうなのか？　どこに位置しているのか。

「日本とは違う寒さがありました」

「戦争で、ですか？」

そうだよなと記憶を手繰る。そうだと中学の社会の授業で習った、はずだ。満州は確か、第二次世界大戦だったか、いや、第一次だったか？　とにかく、戦争が関係していた。北口が頷いた。へいたい、と言った89の言葉が浮かぶ。89は確かに兵隊と言った。

「兵隊をしていたんですか」

北口の小さな目が興毅をとらえ、ぎこちなく口の両端を持ち上げた。

「私は子どもだったから。移民で両親が行き、そこで生まれました」

興毅が聞き返すような顔をすると、北口は口をもごもごとさせて唾を飲み込み、こう続けた。

「お若い方は知らないかもしれない。国が、満州に住むようにと推し進めていた時期がありました。父が教師として行きました。うちは運が良かった。家族そろって日本に帰って来られたから」

教え慣れているというような声に頷きながら、兵隊ではなかったのかとどこかで思う。興毅は自分の中で残念という声が聞こえた。

「小沢さんは、一人暮らしですか」

気の抜けた声が出た。北口は筋がくっきりと浮いた首を傾げ「実家、でしたか」と聞く。一人暮らしですと答えながら、腰が引けるのを感じる。患者から自分の事を聞かれると、答えたくないと強く思う。患者の事は知っていて当然なのだが、こっち側の事は知られたくない。

「正月は、人手が減ると聞いて。小沢さんがいてくれたら、いいなと思ったので」

北口は一時帰宅しないのだろうか。三日前も高熱を出していたので良くなっているとはいっても油断できない体調ではある。年齢も八十二歳と高齢だ。

「正月は実家に帰らないんですよ」

昨日の休憩時間に母から電話がかかってきた。一日くらい帰ろうかと思ったが、姪のすず香のひどい泣き声が後ろで響き渡り、それだけで疲れてしまった。その代わり、一月は好きな日に休んでいいと堀内主任に言われている。

「ご家族は寂しいでしょうね」

興毅が笑いながら首を振る。一旦家を出たら、そこに自分の場所はなくなる。元からいなかったようになる。

「しかし、一旦家を出たら、帰っても居心地が悪くなっていたりしますからね」

興毅は口を押さえそうになって、北口を見る。自分が思っていた事を口にしたのかと思ったが、違う。何も、言っていない。

「私の場合は、家を出たらそうなってしまいました」

「いや、俺も、そうなんです。妹夫婦が住んでいて」

滑り出ると、そこから自分の家の話をかいつまんでしてしまい、話しながら誰かに言いたかったのだなと思った。友達はいるが、結婚している者が多く、独身でもお互いに仕事で疲れて会いにくくなっている。

京子がいればと、母と電話をしながら考えていた。家族の事を、実家における興毅の状態を、京子くらいにしか話せないと思っていた。話が終わると北口は「小沢さんの家なのに」と強い口調で言った。興毅は深く頷き、そうだと心の中で言う。

あの家は、俺のものだ。

「正月は無理でも、休みの日に帰ってみてはどうですか。親は喜びますよ」

とんっと額を指先で押されたような感覚が起こった。いいかもしれない。突然帰ってみたらどんな反応をするだろうか。少し見てみたくはある。北口はぶるっと体を一つ震わせた。

「毛布、頼みます」

北口は病室に戻って行き、水野が病室から出てきた。自分を抱くようにして出て来た姿に、89がまた何かしたのだと思い、口の中に唾が溜まった。


病院の裏側にある駐車場の端に喫煙所がある。古くなった駐輪場を再利用したもので、トタン屋根はあるが壁はなく、ぽんと一つ円柱の灰皿が置かれている。昼休みはだいたい同じ人達がいる。

今日は先に三人いた。看護師の女が二人。スーツ姿の男が一人。名前と部署はなんとなく知っている。

ホルダーにタバコを入れて吸い込む。痺れが器官を通って行くのを感じ、鼻からいつもの香りが抜ける。スマホの電源を入れ、満州で検索をかける。中国と日本が色分けされた地図の写真。おそらく満州の全域と思われる地図の下に、ウィキペディアがあった。指先で触れると、日本列島と中国とロシアの地図が映し出される。朝鮮半島の付け根から上が赤く塗られている。その赤色はロシア、モンゴルにまで侵食していた。

思っていた以上に広範囲だった。スクロールしていくと満洲の範囲、呼称としての満洲、満洲語、満洲略史と項目があり、略史のところにあった矢印をタップすると長い文章が表示された。歴史的にこの地域は、古くは遼河文明が栄えという言葉から始まり、興毅はタバコを吸った。長い。わからない単語が並んでいる。親指を動かしていく。満洲事変といういつかの記憶にうっすらと覚えている漢字が目に入り、指を止めた。

北口の両親が国の政策で満州に移住したというのを思い出す。北口と話す機会が増えている。昨日、また満州の話になった。風呂に向かっている北口に会い、指の少ない足に目がいってしまったのだ。北口は「ましな方です」と笑った。

「日本に帰れたから」

興毅はすごいと思っていますよという風に頷きながら、もしかしたら、生きては帰れないかもしれない事を理解して北口の両親は行ったのではないかと考えていた。

戦争中なのに日本から自分の意思で出たのだ。そうであったのなら、危険が常に背中にくっついているのはわかっていたはずではないか、と。その一方で第二次世界大戦も終盤になっていくと、誤った情報が流されていたんだよなと思ったりもした。

ウィキペディアを閉じ、他のホームページを検索していく。日本軍が行った事が写真とともに載せられている。黒歴史やなと思いながら眺め続けていると、本当に色で表すと真っ黒だった。農作物を奪い、安い値で土地を買い叩き、若い女性に対する暴行等々、酷い言葉が流れていく。

強い風が吹いて興毅は目を細める。タバコを口から離し、細い煙を吹く。液晶に視線を戻し、遠いと思う。目にしている言葉の意味はわかる。しかし、その場にいたはずの人々の顔は見えず、手触りもなく、においもわからず、声も聞こえない。

ほんまかな、と思う。この白黒の写真や文章が作り物のように思えてくる。興毅はスマホの画面を時計に切り替えた。あと、十分。吸い殻を捨て、ホルダーを充電器に差し込む。

北口はどんな生活をしていたのだろう。父親が教師で渡ったと言っていた。そこにいる日本人の子供で学校に通うとなると、軍人や役所勤めの子が多かったのではないだろうか。けれど、その親たちは武力でもって他人の土地を奪った者達なのだ。

生活をしていた場所が、力ずくで奪った場所だと本当の意味でわかったのはいくつの時だろう。充電器のライトを見ながら、祖父の顔を思い浮かべた。父方の祖父。興毅と同じ丸顔で、腹が出て太っていた。タバコが大好きだった。三年前に亡くなってしまった。

小学生の時に社会の宿題で、おじいちゃん、おばあちゃんの昔の話を聞いて来ようというものがあった。祖父母が亡くなっている家や交流がない家はどう対処していたのか覚えていないが、興毅の場合は、そういう宿題が出たと電話をしたら、車で祖父母がすぐに遊びに来た。

祖父はどんなものを食べ、遊んでいたのかを懐かしそうに教えてくれた。兵隊に行かなくてもいい歳だったのだと思う。祖父は教科書に載っていなかった当時の生活の様子を話してくれた。宿題で与えられた用紙が埋まると興毅は戦争が終わると知ってどう思ったと聞いた。きっと、嬉しかっただろうと思っていた。それしかないと。しかし、違った。

「おじいちゃんはな、その時は親戚の畑で手伝いしとって、昼の仕事に出ていかなあかんなって思った。いんげんが旬の時期やったから、取らなあかんなぁって」

興毅は泣き崩れる人の写真を思い出しながら話すと「その人達も、どうせ夜なったらご飯食べて、寝たよ」と祖父に頭を撫でられ、興毅はそんなものだろうかと首を傾げたかったが、祖父が嬉しそうに笑っていたので頷いた。

興毅は充電を見た。まだもう少しかかる。時計を見る。休憩時間の残りはあと六分。次の休憩で吸うかと、ジャンパーのポケットに充電器と両手を入れて歩き出す。

差があると思う。北口と興毅の祖父は戦争を経験している。片方はその後、日本に帰って来て足の指をなくし、もう片方はほとんど生活が変わらず続いている。

病院に入るとぬるい空気が頬のこわばりを解いていく。ゆっくりと階段を登る。「帰って来た兵隊さん達は怖かったなぁ」と興毅に言うわけではなく、つい口をついて出たというように祖父が漏らした言葉が思い出された。どうしてと聞き返すタイミングを逃してしまい、祖父は亡くなってしまった。

帰って来た兵隊と口の中で呟く。せっかく帰って来たのに、怖かった。この前、北口に聞いた。兵隊ではなかったのかと。スタッフルームのドアを開けた。

中にいたパート二人が振り返り、食事をしていた山中副主任も興毅の方を向いた。壁にかかった時計に目をやる。ちょうど興毅が休憩をとって一時間経とうとしていた。

ジャンパーのジッパーを下げながら奥に進む。テーブルに座ってクッキーを食べていた二人は興毅から目を逸らして俯き、小声で話し出した。

興毅はパート達の休みの日の調整を手伝うようになっていた。パートの一人が休みを急に申請してきて、堀内主任が困った顔をしている日があった。興毅は横から「社会人として急に休みたいとか、それってどうですかね。その為にかなり前から休みの調整しているんやないんですか」と大き目の声を出した。堀内とパートは突然水をかけられたような顔をして興毅を見た。社会人としてという言葉を人に向けて使ったのは初めてだなと思いながら、二人の顔を見返した。

結局その休みは別の人に来てもらうよう、そのパートから違うパートに代打を頼むことで解決した。それからは、堀内は興毅に急に休みの申請が来た時に、どうしたらいいかと相談してくるようになった。興毅はその休みが本当に必要か申請してきたパートに直接聞くようにした。本当に必要なものは、ほとんどないように思えた。

それだけではなく、手が空いているのが目に入った時は室内の整理をして下さいと言い、タイムカードを押さずに無駄話をしているのが聞こえたら、引継ぎ書を早く書き上げるように言うかタイムカードの機械を指で叩くようにした。

職場では、前から話をする方ではなかったが、ますます口数を減らしていった。人に注意をしておいて、自分が無駄口を叩くのはおかしいと思うのだ。

パート達の動きが、目に見えて改善されていくのは心地良かった。当たり前の事が、当たり前に展開されていくのがこんなにも楽だとは知らなかった。

ジャンパーをハンガーにかけ、加熱式タバコなどを棚に置く。昼食の食器の回収に出て行く途中に山中が興毅を見てきた。目を合わせ、どうしましたかと聞くように首を傾げる。

「ちょっと長くないか」

「何がですか」

「昼休憩」

細い目をさらに厳しくしている顔を見てから、時計を見る。一時間だ。

「そんなことありませんよ」

背中に視線を感じる。パートの二人がこっちを見てきているのだろう。これまで二十分以上も早く切り上げていたのがおかしかったのだ。

「一時間だけです」

山中は時計を見て、唇を尖らせた。

「山中副主任もゆっくり食べて下さい。一時間以上休んでいる人もいるんですから」

聞こえるように興毅は言った。あいつらは一時間以上休んでいる。山中が頷くのを見て、ドアに向かい、出て行く時に振り返った。

パートの二人がまだこそこそと話をしている。「一時間ですよー」と声をかける。二人はきゅっと肩を持ち上げ、顔を見合わせてから興毅を見た。

以前、お誕生日会で休みたいと言っていた若い方のパートが「わかっています」と言い、クッキーの袋を片づけ出したのを確認して、出て行った。

興毅は日勤終わりに最寄駅ではなく、繁華街に向かう線に乗った。改札を通り抜け、正面にいくつかある太い柱に背を当てた。三週間程前に、前の職場である介護施設で一緒に働いていた陽平から、久しぶりに飲みに行こうという連絡があった。

陽平は大学を卒業してからすぐにその施設で勤めたのに対して、興毅は専門学校を卒業してから別の職場を経て、その施設に中途採用で就職した。

先輩ではあったが、同い年で先に勤めている者がたまにする、知っていて当然という言葉づかいをする事なく、面倒見がよかった。同じ所で勤めていた時はよく飲みに行っていたが、興毅が転職し、徐々に回数が減っていた。今日会うのも前回から半年以上空いている。いや、と興毅は顎を擦る。陽平に会うのは一年ぶりくらいかもしれない。その時に京子の話をした。あまり会えていないと。

興毅はジャンパーのポケットからスマホを取り、検索画面を立ち上げた。第二次世界大戦と打ち込む。一度見たサイトは赤字になっている。第二次世界大戦だけで一番はじめの画面に出てくるものはほとんど読んだ。小学校の高学年から歴史は学んでいたはずだが、戦争があったという事しか覚えていない。

日露戦争、第一次世界大戦、日中戦争、第二次世界大戦。いくつかの戦争があって、原爆が落ちて、日本は負けた。この程度の知識しかなかった。正直、第二次世界大戦において日本はずっとアメリカとだけ戦い続けていたとさえ思ってたほどだ。

数日前、敗戦国という文字を読んでピンと来なかった。日本は負けた。知ってはいたけれど、今も日本が敗戦国であり続けているとは思いもよらなかった。

興毅はいくつかある戦争のうち第二次世界大戦をよく調べる様になった。89のへいたいという言葉や北口の満州に引っ張られている。

兵隊、と興毅は検索する。いくつものホームページがつらつらと並ぶ。兵（日本軍）と書かれたのを見て89の薄い頭が浮かぶ。日本軍だったのだろうか。本当に、そうだったのだろうか。

改札から出てくる人の数が増えたのに気付いて興毅は顔を上げた。人の顔に焦点を合わせる。陽平は興毅よりも少し背が低く、体格が良かった。高校までは野球をやっていたと言い、今も草野球チームに所属し、最低でも一か月に一度は練習に参加しているらしい。

人の流れの向こうに、短髪の男が目に入って来た。紺のダウンジャケットに黒いズボンを穿いている。改札を出てきたタイミングで興毅は手を上げた。陽平も気付いたのか、顔を興毅の方に向け、近付いてきた。

「久しぶりやな」

興毅はいつもより張りのある自分の声を耳にして、この声の出し方も久しぶりだと思う。陽平は切れ長の一重の目を少し細めた。笑ったように見える。いつもは口を大きく開け破顔という言葉が合う笑い方をしていたはずだ。

「何かあったんか？」と興毅は口にしていた。

陽平はすぐに視線を逸らして首を振り、「いつものとこでええか？」と聞いてきた。駅の近くにある奥に細長い居酒屋だった。冬になるとおでんが出る。安くて美味く、陽平と飲むのはいつもそこだった。

興毅が頷くより早く、陽平が歩き始めた。駅から出てすぐの横断歩道がまだ赤なのに進もうとして、興毅は陽平の腕を引いた。陽平の身体が後ろに反り、興毅にぶつかる。

「赤やで」

興毅が顎で信号を指しながら言った。陽平が「ほんまやな」と呟いた。

「体調でも悪いんか？」

よく見ると顔色が悪いように見え、どこかぼんやりとしている。さっきから興毅の顔を見ているようで、見ていないような感じを受けていた。陽平が信号に視線を向けたまま首を振る。

信号が青に変わり、周りの人達が興毅達を追い越していくのに動かない。

「ほんまに、どうしたんや」

信号が点滅し、何人かが横断歩道を走って渡って来た。陽平と興毅を避け、後ろに流れていく。興毅は陽平を呼んだ。陽平が「もっと、早く言っておくべきやったんやけど」と言うのが聞こえた。

「俺、京子ちゃんと結婚するねん」

息を吸い込む音が興毅の中で響いた。すう、すう、すうと息を吸い続け、また息を吸い、名前を呼ばれた。むせるのを堪え、気付かれないように長く息を吐き出す。陽平が見上げてくる。いつもの頼りがいのある陽平の顔だった。

京子はバツ一と結婚するのかと興毅は思う。陽平は五年前まで結婚していた。二十七の時に結婚し、三年くらいで離婚をした。どうして離婚をしたのかは教えてもらえていない。お互いの両親の仲が悪いという事と、元嫁との生活習慣が合わないというような事を聞いた気がする。後ろから人にぶつかられ、興毅は前に足をついた。

「そうなんや」

前妻との間に子どもはいなかった。そう、いなかった。陽平が振り返った。信号はまだ赤だ。あの店のおでんを食べるのだと思っていた。だいこん、がんも、餅巾着、それに、瓶ビール。ビールを飲みながら何を聞けと言うのだろう。

「ほんなら、京子はあの施設を辞めるんやな」

興毅と別れる時に結婚をしたら仕事を辞めたいと言っていた。家事をして、仕事をしないといけないのかと。「興毅のためにそこまでせなあかんのかな」と責めてくる声が蘇る。「えっ」と驚く声が聞こえ、知らない間に俯いていた顔を上げる。陽平が首を傾げていた。

「何で辞めるんや？　そんな事聞いてないけど」

「京子は結婚したら仕事辞めたいって」

「そうなんか？　聞いた事なかった」

肺の間の真ん中の奥の方で、どくん、と鳴った。血が巡る音が広がって行く。京子は結婚したら辞めたいとそう言っていた。家事と仕事、そうして子育て。興毅の為にそこまで私がしなければいけないのか。

陽平が道路に視線をやった。車の流れが途絶え、もうすぐ信号が赤から青に変わる。これから二人の馴れ初めでも聞かなくてはいけないのだろうか。

もう、別れた。関係ない。よくある事。京子は独身で、陽平も独身。何も問題ない。それでも、行きたくないと興毅は思った。行けばきっと、陽平から穏やかに牽制してくる話を聞き、祝いの言葉を述べて、少し多く払うのだ。施設の室長になっている陽平の方が年収を多く貰っているとわかっているのに。

信号が変わった。陽平が歩き出した。興毅は迷って、結局、紺のダウンジャケットの背中を追いかけた。


ドアが閉じられた音がして、興毅は目を開けた。スタッフルームの奥にある仮眠室で眠っていた。枕元に置いていたスマホを見ると深夜二時を過ぎようとしていた。

起き上がり、両手で顔を洗うように擦る。焦点が合わないまま眼鏡をかける。視界は曇り、頭は重い。交代の時間だった。今夜一緒に入っているのは堀内主任だった。

カーテンを引くと、白い光に目が刺される。何度か瞬きをして慣らすと、堀内はトロッコに備品の補充をしているところだった。

備品の棚は今の時期は充実している。正月休みに入るとあって、業者から多めに買う事になっている。

パート達はみんな休みを取る。その皺寄せは、興毅達のところにやって来る。堀内はしゃがみながら棚の手前にある紙おむつに手を伸ばした。この姿を去年も見た。二年連続で堀内と正月を過ごしている。

正職員だからと言われれば、それはそうだと思う。壁にかかっている出勤表に目をやる。シヨートパートのババアどもは四日まで来ない。フルパートは大晦日から二日まで来ない。大晦日から二日までの三日間は正職員四人で回さなければならない。

堀内は前から、病院側に正職員を増やしてくれと言っている。三人減ったのだから、その分欲しい。それが出来ないのなら一人でもいいと。そう言っているのに聞き入れてはくれないそうだ。今の状態で回っているのなら、もう少し頑張って欲しいと回答される。

もう少しというのはいつまでなのだろう。決算が出てからだろうか。いつの時期の決算なのだろうか。経費の削減と言われているが、ぽろぽろ、ぽろぽろ辞めていくのに、これ以上人件費を削減しなければならない程、うちの病院は経営難なのだろうか。医師達は、興毅達の何倍も貰っているのに。

「堀内主任、交代です」

しゃがんだまま堀内が顔を上げ、ほうっと息をついた。疲れた顔をしている。濃い隈が目の下にくっきりとある。四十五になったと以前言っていた。パート達と変わらない歳だ。それなのに、元日にここにいる。

少しだけ開いていた堀内の口が閉じられる。小学生の子どもが二人いると聞いている。二人はどんな気持ちで眠りにつくのだろう。おせちや雑煮はどうしたのだろう。パート達が話題によく出す、舅や姑には何も言われないのだろうか。

「後はやっておきますから、休憩に入って下さい」

堀内が立ち上がる。汗の臭いがして、鼻を擦る。脂が溶けだしたようなそれに、興毅はいつも気持ち悪くなる。堀内の足がふらついた。興毅が手を伸ばすと、大丈夫というように掌を向けられた。

「夜勤の三連ちゃんはきついですよね」

「小沢くんは四日連続入ってくれている時あるから。それに比べたらまし、という言葉が浮かぶ。まし、まし、まし。上を見ればきりがない。下を見たら底なし。

「もう少しフルパートさん達に夜勤に入って欲しいですね」

「そうならない為に、フルパートさんは今の仕事を選んでいるから」と堀内は首の裏をさする。

「ある程度働かないといけない。でも、正職員ほど拘束されたくない。そういう人にもっと入って欲しいって言うのは、難しいよね。私達ほどの給料があるわけでもないし」

俺だってそんなに多くないと言いたいのを飲み込む。

「パートさん達には、家庭でせなあかん事と擦り合わせて仕事してもらっているから」

「わかります、けど」

「せやんなぁ、けど、やんなぁ」

堀内が眼鏡の奥で目を細めた。丸い頬を持ち上げているのを見て、それがいけないんじゃないかと思う。あっちにもこっちにもいい顔をして、引き受けて、それで堀内が感謝される事はない。当たり前。堀内がしんどいのはまだいいかもしれない。自分でその状況を作っているのだから。でも、俺は巻きこまれているだけではないか。眉間に力が入りそうになり、ぎゅっと目を瞑って開く。

「一回、パートさん達とちゃんと話し合わなあかんなとは思ってんねん」

首を傾げそうになるのを堪える。それで？　と思う。そんなことをしても、きっと何も変わらない。協力してくれと頼んで聞いてくれるのなら、堀内は濃い隈を作らなくてもいいはずだ。

堀内が寝てくると言い、仮眠室に向かおうとして振り返った。興毅が見返すと、ふっと顔の力を抜き「どうでもいい話なんやけど」と切り出した。

「さっき、おむつ交換したら、痰絡まっているのにありがとうってお婆ちゃんに言われて、嬉しかったわ。患者さんの生活がしやすいようにって想像しながらする仕事やから、ありがとうって言われることもないんやけど。なんかね」

照れたようにはにかむ堀内に何と返事をすればいいか興毅には思い浮かばなかった。堀内が顔を上げた。

「小沢くんも、お正月にシフトに入ってくれてありがとう」

「仕事ですから」

堀内はまだ何か言いたそうに口を開いたが、すぐに背中を向けた。興毅は備品の補充に取りかかった。

巡回の最後に89の部屋を覗いた。手前のカーテンは開けられていて、ベッドの上には布団さえない。家に帰らせてもらえないだろうと思っていた89は、意外にも長男夫婦が連れ帰った。あんな人間でも、結婚して子供がいる。気に入らない事があるとわめき、もうろくしているのに女に触る人間でも。また、京子の声が蘇りそうになって強く首を振った。

奥にいる寝たきり患者の体位を変え、部屋から出て行こうとすると唸る声がした。耳をすませると北口のベッドがある方から、低い声が聞こえる。指先でカーテンの境界線を広げる。横になっていた北口が起き上がろうとしていた。

「どうしました？」

「小沢さんですか」

かすれた声が返って来て、興毅はカーテンを開く。気持ちが悪いんですかと抑えた声を出すと、上半身を起こした北口が首を横に振った。

「いや」

北口が額に手をやった。大きく息を吸って吐いている。暗くて顔色がわからないが、気分は良くなさそうだった。ナースコールを押した方がいいかもしれない。こんな程度で呼ぶなよという顔をされるのが目に浮かぶが、自分の責任になるのは避けたい。

「大丈夫だから」

北口を見た。息をなんとか整えようと、深呼吸を繰り返している。

「本当に何もありませんか」

北口が息をつき、「むかし」と言った。「また、満州の話をして申し訳ないんですが。蛇がよく出ましてして」と続ける。

蛇？　と興毅は思う。見た事があまりない。生で見たのは、もしかしたら小学生の時に遠足で行った動物園だけかもしれない。

「今と違って、よく見かけました。その中で一匹、自分の尾を食べる蛇を見た事があって」

興毅は眉間に皺が寄るのを感じる。自分で、自分を食べる？

「寝ている時に、耳元でごそごそ音がした夜がありました。目を開けたら丸い物が動いていた。大きな蛇でした。円みたいになっていました。蛇は丸飲みだから、口いっぱいに尾を食っていて」

想像をしてみたら「それは、気持ち悪いですね」と口から漏れ出た。北口は頷き、額を掻いた。「それが夢に出てきた」と困った声を出す。

「そういう夢に限って繰り返し見たりしませんか」

そう興毅が言うと、北口が興毅を見た。暗がりの中だが少し笑ったのがわかる。大丈夫そうだと興毅は思う。後ろ手にカーテンに触れる。もう巡回は終わらせて、スタッフルームに戻らないといけない。

「田中さんにも、そういう夢があるみたいです」

カーテンが指先から離れた。89の顔を思い浮かべようとしたが、明確に浮かんでこない。毎日世話をしているというのに、細い体と白い薄い後頭部だけが頭に流れる。

「仕方がなかったと、よく、寝言を聞きます」

叫び声で目が覚めた夜もあったそうだ。北口が驚いてカーテンを開けると、ごめんなさいとまた叫んだという。89の名前を呼んだら、北口を見て布団をかぶったそうだ。

興毅も聞いた事がある。へいたいと言っていた。「兵隊の時の夢、ですかね」と呟き、すぐにしまったと下唇を噛み、部屋から出ていくために軽く頭を下げる。

「田中さんは兵隊だったのかい」

北口が少し驚いた声を上げた。興毅は下がりながら「さぁ」と首を傾げる。いらない事を言ってしまった。北口ならきっと89が戻ってきたとしても興毅から聞いたと言わないだろうが、これ以上何も話さないためにも早くここを離れるに限る。

「そうだ」と北口がさっきとは違う明るさで言った。「明けまして、おめでとうございます」と頭を下げられ、慌てて同じ言葉を口にする。

「正月まで働いて、偉いね」

興毅は首を振る。北口は棚に置いてあるカーディガンを羽織った。柔軟剤の香りが漂う。いつも身なりを清潔に保っている。北口がまた額を押さえた。

「やっぱり、看護師さんを呼びましょうか」

北口は首を振る。「小沢さんみたいな息子さんがいたら、ご両親も安心だ」

興毅はすぐに否定の言葉を口にしたが、北口はまた首を振った。

「今月中に帰ってあげるといい。きっと喜ぶ」

母は喜ぶだろうなと興毅は思う。しかし、詠美にまだお礼の電話をもらっていない。振り込みは年末にはしておいた。すず香のお年玉も含めておいた。本当に帰ろうかどうか、まだ少し迷っている。一日中眠るという誘惑にもひかれる。

興毅は「また何かあったら呼んでください」と手のかからない患者にだけ使う言葉をかけて外に出た。

廊下に置いてあるトロッコを押しながら、89はどこに配属されていたのだろうと疑問が浮かぶ。東南アジアか中国か満州か。兵隊の夢の中で、何に謝っているのだろう。仕方がなかった事とは何だろう。スマホで調べた事が頭をよぎる。白黒の写真が一つ浮かぶ。高原のようなところに立ち、どこの国の人かわからないが、ぼろぼろの服を着た数人を取り囲んでいる兵士の姿。あの取り囲まれた人達は、あの写真の後にどうなったのだろう。

仕方がなかった。何が？　興毅は口の端が持ち上がり、「残念、無念、また来週」と勝手に口が歌った。

実家の門が見えてきて、興毅はバイクの速度を落とした。門の前で止まり、グローブを外して、ヘルメットを脱ぐ。両手を太ももに押し当て、何度も擦った。どうやって立っているのか自分でも不思議なくらい足の感覚が戻ってこない。神経が繋がっているのかと不安になり、足首を回す。痛みが起こり、息をついた。今年の冬の寒さは酷だと思う。

錆ついた鉄の門を開き、数歩先の玄関の引き戸に手をかけると鍵が閉まっていた。マジかよと舌打ちのようについて出る。

母がパートとして勤めているクリーニング店は木曜日が定休日で、その日を選んでやって来た。それでなくとも、詠美がいてもいいはずだ。興毅は背負っていたリュックを開け、キーケースを取り出す。黒の革で出来たこれは、京子が買ってくれた物だった。クリスマスプレゼントとして貰った。使いこんで柔らかくなっている。

鍵を開けて中に入る。家の中は冷たい静かさが広がっていた。廊下をまっすぐに進み、左側の台所を通り過ぎ、リビングの扉を開けた。八畳のフローリングの床には、山になっている洗濯物、すず香のおもちゃ、リモコンなどが散らばっている。

興毅は床の上にヘルメットとリュックを置いた。ストーブをソファの足元に温風が当たるよう調整し、スイッチを押した。背もたれに体重をかけて座り、首の裏を伸ばすように顔を上にする。縮こまっていた皮膚がひび割れ、開いていくようだった。ストーブから着火する音がし、ぶわんと吐き出された温風が頬を撫でた。凍っていた足の裏が溶け出し、力が抜けていく。

マフラーを外し、ライダースジャケットのジッパーを下ろす。ソファから降りて、しゃがんでストーブに手をかざした。腹が減った。家に帰ったら、すぐに何か用意してくれると思っていた。

顔の筋肉が弛んできて、鼻水が垂れる。横にある木製のローテーブルにはブロックがあるばかりで、ティッシュの箱がない。立ち上がり、見回している間に鼻水が口の中に入りそうになって、トレーナーの袖で拭いてしまった。

リュックからスマホを取り、検索エンジンを立ち上げる。「だ」と打ち込んだだけで第二次世界大戦と予測変換が浮かんでくる。それを押し、画像と続けて打とうとしたら玄関から鍵を開ける音がした。「お兄ちゃん?」と詠美の高い声がしたと思ったら「興毅、帰ってるんか」と驚いた母の声が追いかけるように響いた。

興毅は玄関に向かって「そうやっ」と大声を放つ。どたどたと足音が近づいてきて、母親がリビングに顔を出した。白髪染めをしているという茶色の髪は一つに束ねられ、大きな老眼鏡をかけている。すず香を抱いた詠美も現れた。

「来るんやったら、何でもっと前に言わへんの」と母が責めるように言った。

「休みがどうなるか、わからへんかったから」

「そうかもしらへんけど、連絡はしなさいよ」

母はまだ何か呟きながらダウンジャケットを脱ぐ。紺のセーターに覆われた体はでっぷりとしていて、以前帰って来た時よりも太っているように見える。すず香を下ろした詠美を見る。ボブの髪型は変わらず、灰色のダッフルコートを着ている。すず香も詠美と同じようなダッフルコートを着て、詠美の足に抱きついている。

「大きくなったな」

自然と口から漏れる。最後に会ったのは一年前。やっと歩くのがしっかりとしてきたという時期だった。すず香が詠美の足にしがみついたまま、顔だけを興毅に向け、すぐにまた足に顔を擦り付ける。

「人見知りが始まって」

詠美は困ったという声を作っているが嬉しさが滲んでいるのがわかる。詠美は「ちょっと離れてー」とコートを脱ぎ、すず香のコートにも手をかける。

「興毅、お昼は？」

台所の方から声がして、「まだや」と向かう。母は冷蔵庫の中を見て、横にある棚をのぞく。

「昨日の厚揚げの煮物の残りとラーメンしかないわ」

「母さん達はもう食べたんか」

入口にもたれかかりながら聞くと、母が口を尖らせ俯いた。後ろから「ファミレス行ってきてん」と詠美の声が当たる。詠美は興毅の横を通り過ぎ、台所に入る。

「ファミレス？」

詠美は頷きながら急須にお茶の葉を入れ、ポットから湯を注ぐ。誰の金で？ と口の中で呟き、詠美に視線を置いたまま台所の中に入る。母は「ほんまに久しぶりに行って」と言い、食器棚から三人分の湯飲みをテーブルに置いた。

「そうやったかな」と詠美が首を傾げる。

母が出したのだと興毅はわかった。緩んでいた顔の筋肉が固まって行く。詠美はまだ六万とお年玉の礼を言ってこない。きっと母は言っていない。生活費で消えている。それは、それでいい。それは、それで、けれど……

「すず香のお子様ハンバーグ、もったいなかったなぁ。ほとんど食べへんかったし」

両手で湯飲みを持っている詠美を見て、母を見た。視線がぶつかり、母が頷いたが、謝っているようにも見えた。どうして詠美に言っていないのだろう。こうやってお茶を飲む時間は毎日のようにあるに違いない。

「勇介くんは仕事どうなん」

母の視線が頬に当たる。そうかと思う。自分にはリストラの事は言ってはいけない事になっていたのだろう。母が電話をしてきた時の静かさが耳に蘇る。詠美は昔からそういうところがある。結局後から知る事になるのに、見栄を身内にまで張りたがる。詠美はお茶を飲み、「相変わらずやで」と言った。興毅は口元がひくひくと動くのを感じ、唇を擦り合わせる。

「ラーメン作ってあげるから、その間煮物食べときや」

母を横目で追い、詠美を見た。テーブルの上にある小袋のおかきを開けている。

「もうすぐ働くんやろう」

「ううん、まだすず香も小さいし」

「もう二歳やろ。幼稚園に三歳から入れるならそろそろ準備というか、プレ保育みたいなんに入らせとかないと、行きたいところには三歳から入りにくいんやろ」

ババア達が言っていた事を思い出す。昼休憩の時に耳にした。

「うちは田舎やから、そこまでしなくても」

「田舎やからこそ保育園や幼稚園が少ないって聞いたけど」

「まだ働くのは、難しいかな」

詠美がおかきを口に入れる。妊娠しているからやろと目に力が入っていく。どうして言わない。それくらいは言ってもいいだろう。レンジのチンという音がし、テーブルの上に深皿が置かれた。厚揚げと大根の煮物から湯気が上がり、甘い出汁の香りが鼻をくすぐる。

「早く復帰したらどうや。美容師は一度休んだら手の感覚が戻って来るのに時間かかるって前に言うてたやないか。それに、ずっと実家にもいてられへんやろ。すず香かって大きくなっていくのに」

詠美の眉間に皺が寄っていく。いいぞと体の中で声があがる。押せと小さな声が響く。

「詠美ちゃんは、お腹の中に二人目が出来てん」

母を見る。鍋に水を入れようとしている背中に詠美が「お母さんっ」と怒鳴った。母は背中を興毅に向けたまま「だから、まだ働くことは出来へんの」と言った。

「言わんといてって言うたやんかっ」

思っていた以上の強い口調に、興毅は背もたれに背中をつけた。鍋に水が入っていく音がする。母はコンロの上にそれを置き、「興毅、味噌ラーメンやけど卵どうする?」と言った。

「お母さんっ」

詠美が立ち上がり、母は興毅の答えを聞くより前に冷蔵庫に向かう。何だ? 詠美の沸点がわからない。母は卵を手に取り、近くまで来た詠美と対峙した。

「産むんやろう。いつ言うたかて一緒やないの」

詠美の顔が歪んでいく。もしかして、産むかどうかを迷っていたのか。はぁ? と空気に滲み出た声が興毅のものだと気付いたのは、二人がこっちを振り向いてからだった。

「お前、産む気なかったんか？　ほんなら何で二人目作ったんや」

「産むよっ。わかってるよ！　お兄ちゃんには関係ないやんっ」

「関係あるやろがっ。お前、いつまでこの家におんねん。計画性なさすぎやろ。勇介くんの稼ぎだけでやっていかれへんからこの家におるんやったら、お前もほんまに働かなあかんやろ」

「わかってるって、言うてるやんか」

ドンッと詠美が足で床を踏みつけた。母の叱る声が飛び、詠美の体が一つ震える。

「子どもが出来たら悪阻がしんどいから無理や。生まれたら手が離れへんから無理や。ほんで今度は二人目出来たからって。俺んところの主任は子ども二人おるけどめっちゃ働いてんで」

堀内は、近くに住んでいる母親に子供をみてもらっていると言っていた。詠美など、一緒に住んでいるのだ。

「その人はその人やろ。私はそういうの出来へんから、育児かってせなあかんし家事かってせなあかんし」

「親と同居してて、家事って」

「やってみてから言いや。ほんまに大変やねんから。この前かって急に熱出して、救急に走って。子育てって自分の意思ではどうにもならへんねん。家事かって、お母さん達が働いているから、ほとんど私がやってんねんで」

「もう聞き飽きたって、そういう主婦は大変やって言うのは。皆大変やから。家事も労働やって、俺はわかってる。でも俺は一人で暮らしながら働いてる。家事しながら働いとんねん。どっちも体使って働いているのは変わらへんのに、何でお前ばっかりが大変やって言えるねん」

「お母さんやお兄ちゃんや勇ちゃんが働いて大変やってのは、よくわかっているよ。私かって大変やってのをわかって欲しいって言うてんの。ほんまに家事はしんどいから。お兄ちゃんは自分一人の事をしていたらええやん。楽やん」

「楽なわけないやろがっ」

「楽やん。一人分でええやん。私は、自分の分含めて五人分の家事やってんねん。それにすず香の世話もしてんねん」

「だから！　保育園に入れて、お前が働けって言うとんじゃ！」

「出来へんって言うてるやん。私、二人目出来てんでっ」

「産む気なかったくせに、今更何言うとんねん！」

両手をテーブルについて興毅は立ち上がった。ええ加減にせぇよと奥歯を嚙みしめながら言い、詠美を睨みつける。詠美は腹を両手で覆い、興毅を見上げてくる。

「働けや！　働いて、働いて、働いて、家事もせえや。出来るわ。皆やっとんじゃ。母さんや勇介くんや、父さんでさえ手伝ってくれるわ！」

「皆やってるからって。私は、出来へんねん」

「やってもないくせに、出来る出来へんやないやろ。やる気がないんやろが。働く気がないんやろが。働く気がないんやったら、最初からそう言えや」

「そんな事言うてないやん。もう、いいやん。お兄ちゃんには関係ないやん」

「関係ないことないやろっ。この家は俺の家でもあんねんぞっ！」

ドンッと興毅はテーブルを叩いた。詠美の目に怯えが走る。89の顔が浮かぶ。それで、いい。

「働けや！」

詠美が腹を覆う手に力を入れた。興毅はテーブルから身を乗り出して、詠美の肩を摑んだ。詠美の体が大きく跳ねる。母が横から名前を呼んでくるのが聞こえた。興毅は指先に力を入れていく。詠美の顔が歪んでいくのを見て、さらに力を加える。「痛い」と詠美が言うのが耳をかすめ、後ろで布が擦れる音がした。振り返るとすず香が顔を覗かせていた。溜息が聞こえ、母に名前を呼ばれた。

「興毅が言うてることもよくわかるし、正しいよ。けどな」

「もうええ」

興毅は二人の顔を見ず、すず香の横を通り過ぎた。ライダースジャケットを着込み、リュックを背負い、ヘルメットを手に持つ。大股で廊下を歩き、玄関框に尻をつける。母が台所から出て来た。

「帰るんか？」

興毅は答えず、ブーツを履いて引き戸に手をかけた。後ろから弱い視線が当たってくるのを感じ、振り返る。すず香が台所の入口から見ていた。黒い目がまっすぐにこっちを見ている。

「興毅？」

落ち着かなさを母に見破られそうで、外に出た。冷たい風が頬にあたった。次に帰って来る自分の姿が全く見えなかった。

89の足にシャワーの湯を当てる。膝、太もも、腰と当てていくと89から気の抜けた声が聞こえた。正月が明けてすぐに89は返品されてきた。一月二日の夜勤明け、興毅が帰ろうとした時に89が戻って来たと暗い表情で山中に言われた。ぼうっとした頭で早くないですかと興毅は聞いていた。「二日も早くないですか？」と。

山中は「体調が悪くなったってご家族がおっしゃられて」と仕方がないというように呟いた。興毅は89について何の返事もしたくなくて、「お先に失礼します」と言い、すぐに家に眠りに帰った。

「頭を洗いますから、顔を下にしてください」

89にそう伝えると身体を前に曲げた。興毅はそろそろと肩、首、頭へとぬるめに調整した湯をかける。髪に触れると、べたついている。今日は一月十日で、89にとって十日ぶりの風呂だった。

体調が悪いと聞いた時は、どうせ89の家族が面倒を看る事が嫌になって早い目に戻してきたのだろうと思ったら、本当に風邪を引いていた。高熱が二日続いたが、熱が下がってからの回復は早かった。

ぷんっとした臭いが鼻に触れ、興毅は顔を上にする。風呂の時にもマスクをしてもいいのだが、湿気で蒸れて顔がかゆくなるのが苦手だった。

洗い流すと水野が脱衣所に向かうのが見えた。興毅は89に泡立てたタオルを渡し、腕を洗い始めたのを見て背中に回った。皮が余っている皮膚にはそばかすのような茶色の斑点がぽつりぽつりとある。しゃがみ込み、「兵隊やったんでしょう」と89にだけ聞こえるように言った。

89と二人になった時に聞こうと思っていた。本当に兵隊だったのかと。ただの聞き間違いだったのかもしれないとどこかで思い始めていた。ネット動画で見る日本軍の情報と89に差がありすぎた。彼らも89と同じような高齢であるのに、自分の脳で考えた言葉を使って、戦争をもう二度とおこしてはいけないと強く訴えていた。

89の動きが止まったように見えたが、タオルで首の下辺りを擦り始める。鏡の中に映る89は自分の身体に視線をやっていて、表情が見えない。興毅は89の横にしゃがみ、「兵隊の時の夢を見たって前に言うてたやないですか」と目を合わせようとした。

「兵隊には行ってない」

はっきりとした口調で返って来た。89は首を伸ばして洗い、次にタオルを腹の辺りに移動させ、ぐるぐると円を描いている。違ったのか？　と興毅は思う。うなされていた時も「兵隊やったんですか」と聞いたら、「ちゃう、ちゃう」と確か言われた。残念な気持ちが興毅の身体を浸していく。つまらんと思う。ユーチューブで見たような人達とはもう一生会えないのかもしれない。

背中に回ろうとして、89がタオルを自分の太ももの上に落とした。拾い上げようとして、また落とす。自然と視線が下がり、興毅に89の目が見えた。黒目が広がり、光がそこに吸い込まれ、消えていく。タオルを摑んだ指先がほんの少し震えている。

「ごめんなさいって、よう寝言で言うてますね」

「知らん」

「やりたくてやったんやないって、言うてたんも聞きました」

そんな事は言っていなかった。しかし、とても効果的な言葉のような気がした。この場で使うのにとても相応しい嘘。

「何をやったんですか？」

「何や夢でも見とったんやろ」

「ほんなら、どんな夢見てたんです」

唾を飲み込む音が聞こえた。どうしてだろうと、興毅は自分自身に対して思う。この質問をする意味が見当たらない。それを聞いて、自分がどうしたいのか自分でもわかっていない。兵隊だった人は沢山いる。思い返せば、勤め始めた時に兵隊だったことを自慢する老人だっていた。89がその中の一人だったとして、それがどうだというのだ。

それなのに首の裏がぞわぞわしていくのが止まらない。

何が仕方がなかったのか、何が89のせいではないのか、夢にまで見るものはなんなのか。89

が突かれて嫌なところはなんなのか。

背中に回り、タオルを当てる。89の身体が飛び上がり尻が浮いた。気付かないフリをして、下唇を噛む。くつくつと喉の奥が響く。いけない、いけないと頭を一つ大きく振り、脱衣所を見る。擦りガラスの向こうで、水野が動いている姿が見える。89が何かを呟いたのが聞こえ、聞き返すと「行ってない」と耳に触れてきた。

「兵隊には行っていないってのは、さっき聞きましたよ。だから、どんな夢ですか」

面白くて仕方がないという響きが含まれていないか、自分の声を思い返す。いつもの声だ。89はがくがくと頭を前後に振り、タオルを口に持って行くのが見えた。少し爪で引っ掻いてしまうと血がぷっくりと浮かび上がって来るのではないかと思う程の薄い皮膚を擦りながら、興毅が想像している以上に酷い事を誰かにしたのかもしれないと思う。腰のあたりを擦る。冷たい肌の奥にはまだ熱がある。

生きている。89は生きている。年金を受給し、動きにくくなった体は介護保険で安く世話をしてもらい、味のついた食事をし、不味いと言って残し、家族までいる。足元が滑りそうになり、興毅は足の指に力を入れる。

「風呂って気持ちいいですよね」

何百万人だっただろうか。第二次世界大戦で亡くなったのは。人口の少ない県ならば、一つ二つ消えてしまう人数だったはずだ。どこかの県が欠けた日本地図を思い浮かべようとして、日本地図が正確に出て来ず、この前スマホで検索した満州の地図が浮かんだ。満州には約百五十万人いた。その人達全員が日本に辿りつけたわけではない。

「そういう時代って、風呂に入れなかった人が沢山いたでしょうね。入りたいって思っても、それが叶わなかった人は多かったでしょうね」

タオルの下に振動を感じる。89が前後に揺れ、ガチガチと歯がぶつかる音が聞こえ出した。

「田中さん？」

肩に触れると叫び声が上がり、風呂場に響き渡った。興毅はとっさに89の口を塞いだ。髭が手のひらに刺さり、頬骨が食い込んで来る。唾液が手のひらに付くのがわかる。舌打ちを飲み込み、顔を近づけ「静かにせえよ」と低い声を出した。89の後頭部をもう片方の手で押さえる。両手に力を込め、「じっとせえ」と繰り返す。

89はタイルの上に座り、後ろに手をついた。興毅は手を離して立ち上がり、椅子に座らせようと腕を伸ばすと、「ひっ」と高い声を上げ、離れるように下がった。

「椅子に座って下さい」

萎びた下半身が目に入る。気持ち悪さを抑え、89に近づく。89がまた下がり、興毅は名前を大き目の声で呼んだ。

ぶるぶると震え「ちゃう」と言うのが聞こえた。聞き返すと「夢やから」と今度は前に手をついて言った。四つん這いになり、興毅に近づく。今度は興毅が後ろに一歩下がる。

「夢、なんや。あれは全部、夢やから」

執拗なまでにまっすぐ興毅に向けてくる目の焦点が合っていない。興毅の口の中が干からびていく。興毅に手を伸ばしてこようとする。その手を払った。パンッと弾かれる音が浴室中に響く。興毅はまた後ろに下がる。触れてほしくない。絶対に、嫌だ。

89の夢に汚染される。

「仕方なかってん」

鼻をつく臭いが下からわき上がってきた。黄色い液体が89の足の間から流れている。89はまた震え出す。

「仕方ない。やらなあかんかったんや。ほんなら、そうせぇへんかったら、志願兵が逆らう、ことなんて、」

89が頭を抱えた。「田中さん」と呼ぶ声がすぐそばで聞こえた。振り返ると水野が来ていた。

「小沢さん、どうしたんですか。田中さん、大丈夫ですか」

水野が田中の肩に触れる。89はまた跳ね上がり、水野から距離を取る。水野が興毅を見上げた。零れ落ちそうなほど大きく目を開けている。「どう、したんですか」と呟く。興毅は唾を飲み込んだ。

「気分が悪くなったみたい。看護師さん呼んできてくれる」

水野は、興毅と頭を抱えてがくがくと震える89を交互に見て、立ち上がる。短パンから白い太ももが見えた。水野は何度か振り返りながら速足で浴室を出て行った。

尿を取りあえず流してしまおうとシャワーのヘッドを持った。89から嗚咽のようなものが、水が勢いよく流れる音に混じって、聞こえたような気がした。

タオルを首に載せて、興毅はマンションの風呂場から出た。冷蔵庫に向かい発泡酒を取り出す。椅子の上に三角座りのように膝を立てて座り、大きく一口飲んだ。内側の熱を剝ぎ取っていきながら、胃に落ちていく。

さっきまで湯気が上がっていた体が急速に冷えていくのを感じる。エアコンをつけようと横の部屋に入り、襖を閉めた。トンッと木枠が当たる音が思っていた以上に高く響いた。

以前京子に「びっくりするやんか！　ゆっくり閉めてよ」と言われた時の声が頭の中に浮かんだ。家にあまり来なくなっていた時期だった。その日も寒く、暖房がよく効くようにと閉めたのにそう言われ、「たまたまやないか！」と口から飛び出した。

京子は興毅を睨み上げてから立ち上がり、自分の鞄を肩にかけた。襖にかかった京子の手を興毅は押さえた。今日はやれる日だと思っていた。こんなことで帰って欲しくなかった。

「放してっ」

「待ってくれや」

自分の声に媚が混じっているのが丸わかりで、ぞっとした。睨みつけてくる視線に力がますます増していくのを感じながら、悪かったと言っていた。それなのに京子は興毅の手を振りほどき「帰る」と興毅の顔面に唾を飛ばした。

縋りつくように肩を摑んだのをすり抜けられ、腕を取ったが精一杯の力で反抗された。力ずくであったのなら男の興毅に分がありそうなものだが、介護士の筋力は女性でも強い。ずんずん玄関に向かい、ドアを開けられていた。

京子は振り向きもせずに出て行ってしまった。ドアの外まで出て追いかけようと思ったが、自分が京子の中で果てるまでにどれほどの時間がかかるのかが見えず、ドアを閉めた。そこに至るまでの経緯を考えたら、一人で終わらせた方が手っ取り早いと思った。

発泡酒を飲み、ベッドに背を当てて床に座り込んだ。ローテーブルの上に置いていたスマホに手を伸ばし、京子の写真を指先で浮かび上がらせる。ベッドの上で上半身をさらして眠っている。胸の大きさは普通で、先は少しくすんだ色をしている。口に含んだ時の舌に当たった感触を思い出し、舌で歯の裏をなぞった。

今はもう、陽平のものだ。

あの時、もっと力を加えれば良かったのだろうか。あの後、どうせ別れる事になるのだったら、摑んだ腕にさらに力を加えて、ねじ上げ、腰に腕を回し、右足を京子の左膝に回して折り、そのまま体を浮かせてこの部屋に引きずり込めば良かった。もしかしたら、京子の奥の滑りは悪かったかもしれないが、結局いつも通りになるだけだったのに。

エアコンから乾いた空気が髪の水分を抜き取っていくのを感じる。眠い。あの日もとても眠かった。京子に埋もれたまま眠れると思っていた。瞼が重い。寝てはいけない。頭を乾かして、発泡酒を飲み干したい。

叫ぶ京子の顔が見えた。京子がまた叫ぼうとしてその口が覆われる。何で？　と興毅は思う。何で口を覆われているのか。手だ。手が見える。その手を伝っていくと自分のもので、京子の頬を内側に凹ませる程の力を加えている。

苦しそうな息が掌に当たり、皮膚が吸われるのを感じる。空いている方の手でセーターを押し上げる。ブラジャーのワイヤーに阻まれて胸は見えず、へそが見えた。ジーンズに手をかける。蹴り上げてくる足を尻に体重をかけて押さえ込み、ジーンズのボタンを外して手を無理やり入れる。指にざらりとしたものが触れ、さらにその向こうへと指を届かせようとして、くぐもった叫び声が聞こえ、京子の顔に視線を向けた。突然、見えていた映像が白黒に切り替わる。

ハッと目を開け、中身がこぼれそうになっている缶が目に飛び込んできて慌ててローテーブルの上に置いた。両手で顔を何度も擦る。

白黒の写真がまだちらちらしている。少しでも時間が空けば、漠然と戦争の事を検索し続けている。日本軍の中にも矜持を持って働いていた人が多くいたこともわかってきた。しかし、最近は、濃いものへ濃いものへと指が動いていく。検索する言葉も意味の強いものを選んでしまう。それらの言葉でふるいにかけられ浮かび上がって来る物は、読むごとに現実感が薄くなっていくのが不思議だった。

虐殺行為を繰り返したとネットの記事で書かれたところで、そうだったのかとその時は思うが、寝入るまえにまた思い返し、わからないと思った。想像が追い付かない。残虐とは、何をもってそう言うのかがわからなかった。そこから画像を検索するようになった。

白黒の写真にはグロ注意、閲覧注意。注意、注意、注意。

注意と書かれている以上の写真が展開されていた。首だけが切られ吊るされた写真、今まさに首を切断されそうになっている捕虜の写真、胴体をロープで縛られ、兵士に後ろから銃剣で突かれている写真。

興毅はスマホを手に取り、検索エンジンを立ち上げた。検索ワードを入力する白い枠に人差し指を当てると、昼に検索した言葉が薄い文字で広がる。

戦争　画像　レイプ

まとめサイトが連なり、近年の戦争で起こった写真が載せられているものもある。見たサイトのタイトルは色が変わっていて、興毅は何度か次へとタップする。めぼしいものはほとんど見たなと思い、いつも眺めるサイトへと飛ぶ。

白黒の写真で女が暴行を受けている写真が並んでいる。何枚も並んでいるそれらを見ていると、誰が撮ったのだろうと興毅は思った。これらの写真は誰かが撮って、誰かがまとめサイトまでにした。

そうして、俺が見ている。

下半身をさらけ出された女性が、足を広げ、おそらく木で出来た棒のような物を突っ込まれている。女を何人かの兵士が囲んでいる。どんな表情をしているのかと画面に目を近づけるが映像が鮮明でないのでわからない。どうして、男達は取り囲んでいるだけなのか。いれないのか。写真を撮るためにその場に全員がいるようだった。そもそもこの写真は合成だったりは、しないのだろうか。

この写真をどこかで見た事があると興毅は思う。この写真というかこういう画を。視線が画面から離れ、宙に浮いていく。ローテーブル、脱ぎ散らかした服、いくつかのバイク雑誌、タオル、ラックにかけられた鞄。白のストール。

京子のだ。置いて帰ってそのままになっている。別れ話を切り出された日に、興毅は京子に「結局、結婚したら仕事辞めたいって、そういうことやろっ」と言った。京子はその言葉を受けて睨み返して来た。

「結局、興毅にはわからへんよ。興毅は仕事だけをしていたら良くて、体力もある。そんな興毅にはわからへん」

そうも言われた。体力のない者はこの仕事を辞めていく。抵抗する京子の映像がまた浮かぶ。目を瞑ると白黒に切り替わり、さっきの下半身をさらけ出された女の姿が京子に代わる。

取り囲む兵士が、裸になっていく。どこかで見た、どこで見たと声が反響する。山道の映像が見え、女がズボンを脱がされ、二人の男に両腕を持たれ、もう一人の男が棒のようなものを股にうずめようとしているのが見えた。数年前に陽平が見ていたAVだった。

あぁ、と声を上げ、ベッドの上に寝転がる。前に勤めていた職場で、夜勤の休憩時間に陽平が見せてきたのだ。今はまっている女優の最新作だと言っていた。

「でもなぁ、俺、あんまりこうゆう無理矢理みたいなやつって好きやないんよなぁ」とぼやいたので、「俺も嫌いや」と興毅が答えたことまで思い出してきた。

変わらないと思う。何十年経っても変わらない。いや、違うかとスマホの画面に視線を落とす。これに何かの影響を受けたのか。うな垂れた女を見る。一つに束ねられていたであろう髪は広がり、上半身を覆っている服はぼろい。これをＡＶの監督が見て、作ったのではないか。きっと、そうだ。

89の呟く声を思い出す。仕方がなかったと焦点の合っていない目をしていた。こういう事もしていたのだろうか。

体が布団に沈んでいくのを感じる。いいなと心の中で呟く。いいな？　こうゆう無理矢理みたいなやつって好きやないんよなぁ、俺も嫌いや。嫌いな、はずだ。なのに、京子の下半身があらわになっていく。ジーンズを足から抜き取り、両膝を力一杯開く。やめてっと切れるような声が上がり、興毅はまた京子の顔を見た。セーターで顔しか見えなくなっている。腕を伸ばし、殴った。くぐもった声が聞こえ、もう一発殴った。抵抗する力が弱まるのを感じ、太ももに指を食い込ませる。自身の下半身をねじり込ませ、また殴る。やめてという声が懇願に変わっていく。

懇願、ひたすらお願いする事。

馬乗りになり、顔を右へ左へと殴っていく。頬の色が変わり、髪が乱れて広がっていく。自分の下っ腹に血が集まり、重くなっていく。口の端が切れ、赤い血がちろちろと流れ、水野の顔がそこにあった。大きな目。流れていく涙。その水はきっと甘い。襟元を両手でつかみ上げ、舌を伸ばす。

「ほんなら、京子はあの施設を辞めるんやな」という自分の声が聞こえる。陽平が首を傾げていた。「何で辞めるんや？　そんな事聞いてないけど」そうか、と興毅は思う。

「興毅のためにそこまでせなあかんのかな」

目を開けた。タバコの煙で汚れた天井が見える。興毅は起き上がり、ローテーブルの上に載った発泡酒を飲み干した。

陽平のためだったら、辞めない。


朝のスタッフルームで立ちながら山中と引継ぎをしていると寺池が入って来た。挨拶をするよりも前に、先に出勤していた日勤のパートの所に駆け寄り「今日からやんな」と話しかけていた。寺池と同い年くらいのババア達は深く頷き、顔を寄せ合った。

興毅は山中の顔を見た。山中は前髪の生え際を掻き、視線を手に握っているファイルに向けた。ハイハイ、聞かなかったふりーと心の中でリズムを取って、興毅もファイルに顔を向ける。

「たまには、いいよね」

隣から小さな、小さな声がした。山中の顔を見ようとしたが、身長がずいぶん違うので下を向いたままでは表情が見えない。「水野さん、この病院に勤めるようになって二連休取ったの、初めてなんやって」と続ける。興毅は膝を少し曲げ、耳を寄せる。

「僕も希望通り休みが取れた事ない。去年は子供の運動会にも行かれへんかった」

山中には保育園に通う三歳の息子がいる。奥さんも同業者らしいのだが、一年前に二人目が生まれ、育休を取っていると言っていた。スマホの壁紙は子供の写真で、季節が過ぎる度に変わっているようだった。無理矢理見せてくるタイプではないが、昼食時に間違い探しをしているのかと思うほど同じような写真を何枚も指をスライドさせて見ている。

寺池達の陰口が話し声になり、耳に入って来る。ヒートアップしてきた声は部屋に響き、どれがだれの声かわからなくなってくる。

「どこに行くのって聞いたら、首傾げて教えてくれへんねんで」

「こっちは代わりに出勤しなあかんのに」

「私、今週二回も夜勤に入っているんやで。五十越えたらしんどくて。今日かって、朝起きられへんかったわ。この仕事だけしてたらええってわけやないんやで。おでん作って置いておいたら、またおでんって子どもらに文句言われてぇ」

笑い声が起こり、山中から溜息が聞こえた。本来、この病院のフルパートの契約では夜勤は週に二回になっている。それが週に一回なのは、パート達の体が辛いという声が大きいからだ。主張をするというのではなく、純粋に声量が大きい。寺池は特にそうで、堀内に一か月に一回は吠えている。声が大きいというのは、それだけで暴力だったのかとパート達から教わった。

「僕らは週に四回の時もある。子どもの顔が見られへん日も続くってのに」

そんなにも家族というものは大切なのだろうかと興毅は思う。山中にしても寺池にしても同じ理由で休みが欲しいのだ。

二人とも父親と母親は絶対的に子供にとって必要とされているという前提から言葉を発して

いる。興毅もそう思っているものとして扱われているようだ。しかし本当は毎回「そうですかねぇ？」という言葉を飲み込んでいる。

自分の子供時代を忘れたのだろうか。そこまでではなかったではないか。少なくとも、興毅にとってはいつも両親が揃っていないといけないと強く思うことはなかった。

仕事なのだからある程度は受け入れなければならないのではないかとは思っている。

「休むのは権利って今の子言うけど、昔はそんなんなかったわ」

「正職員やない私達には権利なんてないもんなっ」

寺池の声が響き、ほんまにーと合唱が続く。なるほど。寺池は聞かせたいのだ。以前、興毅が水野に休みを取ってもいいとかばったから。お前のせいでこうなったのだと聞かせたいのだ。醜いババア。見た目も悪けりゃ、心も悪い。

肩がはって熱を持っているみたい、とも聞こえてきた。山中が肩をすくめた。ファイルをまた見ようとする。寺池は自分の意思でこの仕事に復帰したのではないか。身体に負担がある事はわかりきっているはずだ。それでも戻って来た。興毅は首を傾げ「何で辞めないんでしょうね」と山中にだけ聞こえるように空気を震わせた。

山中は視線をババア達に向け、すぐに興毅を見上げる。「金がいるんやろ」と歪ませた口元は確実に笑っていて、蔑んでいるのを隠すところがなく、こんな顔もするのかと興毅は目を見開く。またババア達の水野に対する評価が聞こえてくる。興毅は視線だけをやる。パート達は付き合いたての高校生カップルのようにぴったりと寄り添っている。

「悪口って、あんなに大声で言うものなんですかね」

「歳を取ると耳が遠くなるんやろ」

唾を床に吐き出しそうな声に、山中を見る。山中の表情は、やはり興毅には見えなかった。


スタッフルームに戻って補充をしなければならず、トロッコを押して寺池と廊下を進んだ。次は片岡の病室からだった。食べると息が苦しくなるという症状は治まっている。最近は普通の白米を食べられるようになった。

「最近、片岡さんのご家族見かけないですね」

寺池は少し顔を上にし「せやなぁ」と歩みを緩くする。回り始めは、警戒をしていたのかあまり話をしようとしなかったが、体位を変える事や、おむつの交換はどうしても二人で行った方が効率がいいので、結局いつものようにぺらぺらと話し出した。水野に休みを取らせた事については根に持っているみたいだが、それはそれ、これはこれと割り切れるのだろう。この図太さが、仕事を続けていく上で適しているとは思う。

片岡の柔和な顔が浮かぶ。最近見舞客が来ないので、パックのコーヒー牛乳や飴をもらう事もなくなっている。

「よくお見舞いに来ていた人達って、片岡さんの子供さん達ではないんやろ」と寺池が言った。

トロッコを押していた興毅の腕の力が緩んだ。慌てて力を入れ直す。この前、片岡の病室で会った二人の女の顔を思い浮かべる。片岡にどことなく似ていた二人。いや、違う。そうだ。そうだった。姪とその子供と片岡は言っていた。

「片岡さんて、実のお子さんはいらっしゃらなかったですっけ」

寺池は首を傾げる。どうやったかなと呟くのが聞こえてきたところで、スタッフルームが見えてきた。

中には誰もいなかった。興毅がゴミの処理をしていると「やっぱりそうやわ」と寺池が後ろから呼びかけてきた。

振り返ると大きな棚に並んだファイルの中から一冊を取り出し、両手で広げて持っている。焦点が上手く合わないのか近づけては遠ざけを繰り返し、「緊急連絡先は姪ってなってる」と声を上げた。

個人情報を大きな声で言うのはどうかと思いながら近付く。この巡回が終わった後は、口腔ケア、報告書の作成、夕食の準備に走らなければならない。その間には入浴、排泄の手伝いに呼ばれるのもわかっている。分刻みで動かなければならないのに、ファイルに手を伸ばしてしまう。

家族構成の欄を見ると配偶者は亡くなっているが、子供がいる。子供の所を指でなぞる。どうして姪が緊急連絡先になっているのか。

「私も不思議に思って、聞いてみた事があったわ。せやけど、何やはぐらかされた気がする。旦那さんは二年くらい前に亡くなったってだけは聞いた。子供おったかて、仲悪い家族なんかようけおるから」

ようけおると思いながらも、聞き出すパート達は多い。家族でも知らないのではないかと思う事も教えてくれる時がある。生活を支えるというのは、家族以上に関係が濃くなっていく事だと思う。ふと、ごめんなさいと89が寝言で言っているのを、89の家族は知っているのだろうかと思った。漏らした尿の黄色がちらつく。

89はもう怪我のリハビリは行わなくても良くなってきているが、日中何かを呟いている事が多くなった。眠れなくなる日も増えてきており、睡眠導入剤の処方をするかどうか家族に聞いてみるらしいと堀内が言っていた。

「小沢さん、行くで」

寺池はいつの間にか補充を終え、トロッコを両手で押し出していた。

片岡がいる病室に入ると、まずは寝たきりの患者のおむつの交換と体位を変えてから、片岡のベッドに向かった。片岡はフリース素材で出来た紺色のパジャマの上に白地に淡いピンクと黄色の花が刺繍されたカーディガンを肩にかけ、新聞を読んでいた。声をかけると老眼鏡を外し、ふわりと笑って迎えてくれた。

「いつになったら話しかけに来てくれはるんやろかと待っていました」

後ろを通りかかった寺池に興毅は会釈をして、先に行ってもらった。ベッドの横にあるパイプ椅子に座る。片岡の顔の血色が良い。誰もが言っている事だが、人は本当に食べるところから始まる。物を嚙み砕いて飲み込み、排泄を行う事で人は機能していく。

「退院の話が出ていると聞きました」

片岡のふわふわとした表情が萎み「ありがたい事なんですけどねぇ」と呟いた。張りを失った白い頬は、皺は多いが染みはなく、垂れた目も昔はもっと大きかっただろうと思う。

「ここの人らによくしてもらいましたから、それがちょっと寂しいです」

「ここを出られたら、一人で暮らされるんですか」

一人で暮らすに違いないとわかっている。その場合、誰かに頻繁に見に来てもらった方がいい。病院を出たからといって、前とほとんど同じように過ごせるというわけではない。

片岡は髪を撫でつけながら「一人は楽やから」と言った。

「楽、ですか？」

片岡はふふふと十代の子供のように笑った。ベッドの上で尻を動かして興毅に近寄って来た。口に上品に手を当て、「私は夫にとって二人目なんです」と囁く。

「夫の連れ子はおるんですけど、私との間には子はおらんのです」

「そうやったんですか」

「まぁ、それでも仲のええ家族はようけいますけど、私のとこは」

笑ったまま首を振るしぐさが話している内容とちぐはぐで、どういう顔を作ればいいのかわからない。片岡なら誰とでも仲良くなれるような気がする。いつもにこにことし、気も遣ってくれる。片岡は自分の顔の前で手をふり「あきませんねん」と明るい声を出す。

「夫とは恋愛で、どうにもこうにもいかれへんくなって」

ふふふとまた軽やかな笑い声が耳をくすぐり、片岡は口に手を当てた。興毅はいつの間にか開いていた口を閉じ、頷いた。どういう意味の頷きなのか、自分でもよくわからない。

「夫は家といくらかのお金を残してくれましたから。なんとかなります」

「それでも、この前来てくれていた姪っ子さんやそのお子さんには、たまに来てもらうようにして下さい。それに、頻繁に連絡を取ってもらった方が安心です」

片岡はまた首を振る。「もう、あんま来んでしょう」とさっぱりと言った。肩の荷が下りたと言うような口ぶりで、どうしてと思わず聞き返してしまいそうになるのを、唇を嚙んで抑える。聞いたところでどうにもならない。来ないものは、来ないのだろう。

「夫とおった家におれるんやったら、それだけでもう十分」

何かを思い出すように遠くに視線をやる姿に、おかしくないかと呟く声が興毅の胸に広がる。片岡は、きっと前妻から夫を奪ったのだろう。仕方がなかったという言葉が浮かぶ。本当に？　京子と陽平の顔がぐるぐる頭の中で回りだす。もしかしたら、京子は興毅とまだ付き合っている時から陽平と関係を持っていたのかもしれない。駅で会った時、陽平はなかなか視線を合わせてくれなかった。仕方がなかった？　本当に？　本当にどうにもこうにもいかれへんくなった事なのか。

人から人を奪った人間が、笑って生きていっていいのか。

「一人は寂しいんやないですか」

片岡の視線が興毅に触れる。歳の割には黒い瞳がますます黒く、ぬらぬらしていく。一般的な高齢者の顔のはずだ。どんどん感情が失われていき、表現する筋肉も朽ちていっている顔。そのはずなのに、違う。少女のような雰囲気が滲みだす。ふっと片岡が笑った。

「寂しくは、ないですねぇ。俳句の会も長いこと休んでいるから行かないといけないし、見舞いに来てくれた友達に会いたいし、美容院にも長いこと行っていません。おばあちゃんですけど、忙しいんですよ」

片岡の微笑んでいる顔を、強がっているのではないかと息を止めてよく見た。そうであって欲しいと願っているのにそんな様子は見当たらない。片岡は目を細め、興毅の肩をぽんぽんと叩く。

「寂しいのは、小沢さんになかなか会われへんくなる事くらい」

にこにこと笑った顔は、二十代前半の自分が可愛いとわかっている女特有の自信が透けて見え、肩に置かれた手からぬるりとした熱を感じた。


改札を通り、スマホを尻ポケットに入れ、マフラーに顔を埋める。朝の気温がマイナスになっているのを見てバイクで来ることを諦めた。階段を下りていると前に水野が歩いているのが見えた。ベージュのダウンコートの背中に声をかける。振り返った水野の頰は薄い桃色で、嚙んでみたい、とポンッと思考が飛び出す。興毅に服を脱がされ、殴られながら止めてくれと懇願する顔が浮かび、ぐうっと口の中に溜まってきた唾を飲み込む。

水野は挨拶を口にしながら頭を下げた。横に並んで歩くと「今日は電車だったんですね」と水野が言った。

「これだけ寒いと道路が凍っていることがあるから」

水野は頷き、納得したというような声を出す。やっと日が出て来たところで、まだ暗い。本当ならばもっと遅く来てもいい。

「お土産ありがとう」

興毅の職場では、どこかに行った場合は土産を買ってくる事になっている。買ってこなければ必ず悪口を言われる。水野はまんじゅう二箱にスーパーで売っているチョコレートの大袋まで買ってきていた。それでも、これから一か月以上は取りたい日に休みは取れず、パート達からは軽く無視される事になるだろう。

大人気ないと思う。自分達だってそういう事はあるのだ。今だって、子供がインフルエンザになったという理由でフルパートが一人一週間休んでいる。その煽りを受けて、水野は明後日から四日連続夜勤に入る事になっている。一方でやはり仕方がないと思っている自分もいる。休みをもらったのだから、いいではないかと。

「おまんじゅう、一気になくなりましたね」

水野が笑いながら言うのに、興毅も軽く笑って答える。二十個以上あったのに、一日でなくなった。介護課の人数は十人。興毅の口には入っていない。チョコレートを一つだけもらった。誰かが二個、三個と食べたのだ。卑しいなと思う。

「彼氏に、二箱もいるの？　って聞かれたんですけど、正解でしたね」

興毅は自分の顔がはっきりと固まったのを感じた。水野は前を向いて笑ったままで、彼氏いたの？　と聞く事も出来ず「うちの課の人数考えたら多いよな」と口を動かした。水野がこくこくと頷くのを見て、上手く声が出せたのだと前を向く。

どうして水野に彼氏がいないと思っていたのだろう。よろしくやっていたって事か。水野の胸に視線をやる。ダウンコートに覆われていてもわかる膨らみ。吸われて、揉まれて、やって、やって、やって帰ってきたのか。

「水野さんおらんから、大変やったよ」

水野の歩くスピードが緩くなり、興毅を見る。自分は今、いつもの顔を作れているだろうか。笑っているわけでもなく、責めているわけでもないという、ただ事実そうだったと伝えている顔を。水野は眉を寄せ軽く頭を下げる。

「二日間ありがとうございました」

たった二日の休みだ。頭を下げるほどの事じゃない。それでも、足りないと強く思う。お礼の言葉で済むような問題ではない。水野と視線が合う。身長の関係でそうなるのはわかるのだが、上目遣いのようになった目はやはり大きい。楽しんできたんだろと思う。やってきたんだろ、と。

「俺、今月あと二日休んでいいって堀内主任に言われているんやけど」

水野が口をつぐむ。俺がとったら、皺寄せは水野に行く。

「やめとこうかなって」

「そんな、取ってください」

「他の人に悪いし。人数少ない時に休みをいつもより多く取るのも気が引けるし」

正しい事を言っている。水野の視線が下がっていく。誰もがどこかでは思っているが、言わない事になっていること。間違っていない。これは合っている。

「正月に実家に帰られへんかったから、帰りたいなぁとは思ってはいるんやけどね」

もう帰ったのを職場では言ってない。これくらいの嘘はついてもいいだろう。水野は実家暮らしだ。正月に一緒に働いている時に、今年の正月は実家に帰らないと言ったら、休みたいですよねぇと同情をもっと買ってもらいたくなる声を出してくれた。

　水野の顔が落ちていく。背筋がぞくぞくしてくる。人が少ない中で、俺は休まずに働いている。休んでいた水野の分も働いていた。間違ってない。正しい。病院の門はすぐそこなのに水野は立ち止まった。興毅も止まるしかない。後ろからやって来る人達がこんな所で立ち止まるなよという視線を興毅に刺してくる。流れを見ろよと言われている気になり、水野に声をかけようとして彼女が顔を上げた。

「取ったらいいんですよ」

はっきりとした言葉を水野は出した。興毅の顔をしっかりと見て、大き目の胸もこちらに向いている。

「休みは取らないといけないんですよ。取らないから、休まなくてもいいと思われるんですよ」

「でも、それは、」

それは、何だ。それはそうだ、だ。俺もそう思っている。

「有給は取ってもいいってなっているんですよ。だから、小沢さんも休んで下さい。私が今度は小沢さんの分も力不足ですけど補いますから」

「えっ、でも」

「取って下さい。取らなきゃ。私、休みを取って良かったって本当に思っているんです。身体も軽くなったし、自分の事について考えられたし、ほんまに良かったなって」

水野が頷き「逃げるが勝ちってありますよ」と呟いたのが聞こえた。興毅に頭を下げ、病院の門をくぐっていった。


とろりとした温かさから興毅は浮かび上がっていくのを感じ、まだ眠っていてもいいんじゃないかと寝返りをしたら、瞼越しに光が透けて入って来た。片目をこじ開けるとスマホのランプが光っている。手を伸ばし、画面に触れる。母からメールが来ていた。時間は午前二時近く。交代の時間。そろそろ起きないといけない。

スマホの画面を顔の近くに持ってくる。明るさに目を細め、母と書かれた文字をタップする。メールは二通来ていた。初めの方に触れると、題名がお祝いのお金についてとあり、興毅は上半身を起こした。

「せっかくお祝い金を振り込んでもらったのですが、詠美がどうしても興毅に返して欲しいと言うので振り込んでおきます。ほんまに、ごめんね。」

額を掻く。月々四万を振り込んでいるのはどう思っているのだろう。いや、この調子だと母は詠美に振り込みがある事を言っていないのかもしれない。詠美はいくら実家に渡しているのだろう。渡してないなんて事は、ない、よな？　でも、詠美の旦那はリストラに遭い、詠美も働いていない。もう一通に触れる。それから三十分後に送られて来ていた。

「興毅が言うことは間違っていないけれど、もうちょっと詠美の気持ちも考えてあげて下さい。お母さんも詠美を甘やかしているとは思うけれど、すずちゃんも小さいし、詠美の事をわかってあげて下さい。また興毅の時にはちゃんとするから。」

ちゃんと？　何をどう、ちゃんとするのか？　詠美の事をわかれと言うが、母は俺の事をわかってくれているのか。俺が結婚をする時に祝い金をふんだんに出してくれるのか。子供が生まれたら、育児の手伝いをしに和歌山からやって来てくれるのか。給料の少ない俺を援助してくれるのか。

ちゃんとというのは、金の事を指してくれているのか。

詠美を甘やかしていると母はわかっている。詠美は甘えている事をわかっていない。当たり前だとどこかで思っている。自分は働いていないのだから親の家に住んでもいい。夫がリストラに遭ったのだから、親の援助を受けてもいい。そう思っているくせに、実家に居続けている事を恥ずかしいと思っている。

親が働ける年齢は限られている。脛を齧っていられるのも時間の問題だ。金がなくなったら詠美は親の元を離れるだろう。働くにはこの家は遠すぎるとか、保育園でいい所があるからとかなんとか言って。親の面倒を見なければならない歳になったら詠美は実家に寄りつかなくなるだろう。

俺がちゃんとしなくてはいけないのかもしれないと両手で顔を擦る。眠たい。もっと眠りたい。足の先が冷える。胡坐をかき、靴下に覆われた足先を擦る。手も冷えていて、なかなか温かくならない。風呂に入って温まりたい。マンションの風呂が思い浮かび、浴槽の黒ずみがよぎった。タイルのカビも。風呂で温まるにも、掃除をしないと。溜息をつき、額を擦る。

自分で自分を生かすのは、体力がいる。

遠くで声がするのが聞こえたような気がして顔を上げた。視線がカーテンにぶつかる。また、聞こえた気がする。眼鏡をかけ、スニーカーを履き、スタッフルームに出る。一緒に夜勤に入っている山中が帰ってきていない。時計を見上げると戻って来る時間を過ぎている。

廊下に出た。声がさっきよりもはっきりと聞こえてくる。山中の声もし、バタバタと走る足音が響き渡る。興毅も走ろうとしたが、何故か膝に力が上手く入らない。確かめるように、一歩、一歩と進めて行く。

「仕方がなかったんや！」

89の叫びに足が止まる。夢を見ているのだ。仕方がなく人に言えない程酷い事をした時の夢を。大きな物が落ちるような音がし、足を速める。病室の中に入ると山中が89を押さえていた。

大きな背中が89の上に乗り、看護師の女性が二人がかりで足を押さえている。山中が興毅に気づいたのか「腕を押さえてっ」と言う。興毅はベッドの横を通り、89が山中を下から押し上げている腕を摑んだ。興毅の手を振りほどこうとするのを、上半身をベッドの上にのせて、力を加えていく。

山中が次は足を押さえ、看護師に「当直の先生を呼んできてください」と言った。足音が遠ざかっていく。

「違うんや。俺はしたくなかったんや。わかってくれ！」

89が首を激しく振りながら、唾を飛ばしてくる。唾が興毅の眼鏡に付き、視界を歪ませる。押し上げてくる力は高齢者のものとは思えないほど強い。自分の腕が痺れてくる。傷つけずに力を入れるのは、強弱の加減が難しい。

「田中さん、落ち着いて。聞こえていますか。田中さん」

山中が声をかける。89の目を見る。視線がぶれている。言葉が届いていない。興毅は89の耳に顔を近づけ「田中さん」と呼んだ。

途端89は叫び声を張り上げた。興毅の身体が一瞬浮く。89の腕から手を離しそうになり、慌てて力を入れ直したら89の指先が頰をかすめた。爪で皮膚が裂ける感覚が走り、痛みが起こる。

興毅は腕に力を込め、89の腕をベッドに沈める。上半身に体重をかけると肋骨を腹に感じた。このまま体重をかけ続けたら、折れるのではないかと思う。小気味良い音がしてくれるのではないか。

唾が今度は頬につく。舌打ちが飛ぶ。肩口でぬぐうことが出来ない。今出来た傷口に入らないでくれと願う。89と視線が合い、叫び声を上げた口から腐った臭いが直接興毅の鼻の粘膜に触れた。

「仕方がない事なんてなかったんやろ」

奥歯を噛みしめながら、興毅は言っていた。89の視線を追いかけ、合わせに行く。ぶれている視線の中に、興毅は無理矢理入り込む。89の皺の多い顔が縦に引き延ばされる。目と口も開いていく。

「したくなかったのなら、しなければよかった。違うか」

89が首を激しく振る。あかん、せなあかんかったんや、あかんと声を絞り出す。後ろで山中が何か言ったような気がした。

「何があかんねん。お前が選んだ事とちゃうんか」

これは、自分の声なのかと興毅は不思議になる。低い声。手のひらに89の手首の骨をありありと感じる。折ってしまう。このままでは折れてしまう。それも、いいのではないか。だって、仕方がない。興毅は89の耳に口を寄せる。

「仕方がなかったって、何が仕方がなかったんや。お前は何をしたんや。教えてくれや」

喉が詰まった音がする。ヒューヒューと息を吸う音がし、興毅は89を見た。89の虹彩が興毅に絞られていくのがわかった。今、こいつの脳に言葉が届いている。興毅は口の端が持ち上がっていくのが止められなかった。手の力も加減が出来なくなっている。もう少し、もう、少しだけ――

「小沢君！」

山中が興毅の両脇に腕を入れ、引っ張り上げられた。「もう、ええから」と声をかけられる。89に視線を投げる。唇を震えさせ、両手で顔を覆い湿った声を漏らしだした。

ベッドから降りると当直の医師が滑り込んできた。興毅と山中は説明を行い、廊下に出た。興毅がそのままトロッコを押して巡回に行くと言うと山中は「僕はちょっと仮眠する」とあくびを嚙み殺した。

「それにしても、酷くなったな」と山中が言った。

興毅が聞き返すように耳を寄せると「認知症」と小さな声を出した。

「進む時は一気ってわかっているつもりやけど、ほんまに急っていうか。何かきっかけがあったんかな」

首を傾げる。医師が田中さんと呼ぶ声がする。きっかけ、と興毅は思う。89が風呂場で漏らした時の黄色が浮かぶ。

あくびをする音がした。山中は「ほんまに寝な、あかんわ」と興毅に片手をあげ、スタッフルームに向かった。興毅がトロッコに近づくと後ろで足音がした。北口が立っていた。眠たそうに目をしばたいている。

「起きてしまった」

小さな子供のような声だと思う。二時を過ぎたところだ。興毅の横に立ち「また、夢を見たのかな」と顔を擦っている。

「兵隊さんだった時の夢かな」

北口が首を傾げる。顔色が悪いなと興毅は思った。熱がまた出たのだろうか。何と答えればいいのかわからず、首を傾げ返す。看護師が出てきた。走ってゆく背中が角を曲がってから「兵隊さんは大変だから」と北口が言った。

北口を見る。蛇の姿が浮かぶ。自分の尾を飲み込んでいる輪になった蛇。

「兵隊さんは、僕らを守ってくれるから」

北口の言葉遣いが、どんどん子供っぽくなっている気がする。兵隊さん、と興毅は声には出さずに呟く。89はおそらく戦争をしている時に兵隊だったのだ。そうして、仕方がないから何かをした。今でも夢に見るような、何か。北口を守るために？ 仕方がなく？

北口は顔を少し上げた。薄暗い廊下の光で表情がよく見えないのに、白い前髪の下で目がぬらぬらとしているのがわかる。

「さっき、したくなければしなかったら良かったと、そう言っていなかった」

「そう、ですかね」

言った、と思う。北口が興毅に近づいた気がして、後ろに背を反らした。北口の足先を見る。指が欠けた足先がある。満州で北口も人から奪った土地で暮らしていた。仕方がないも何もない。生まれた時からそういうもので、その中で生活をする事しか教わっていなかった。

「僕らを守ってくれる」

北口が首を傾げて興毅を見上げてくる。興毅はぬらぬらとした目を直視することが出来ず、北口の欠けた指を見た。蛇が足の指を嚙み千切っていく光景が浮かび、「何かあったら呼んでください」とその場を速足で離れた。

午前中の巡回がいつもより時間がかかっている気がする。体位を変えるために目の前にいる寺池とイチ、ニ、サンと声を合わせようとしているのに、彼女が掛け声をしてくれないため上手くタイミングが摑めない事が多く、身体を拭くのも手際が良くなかった。

「寺池さん、そっちのベッドを見てきてもらっていいですか」

大便の臭いが垂れ流されてきている寝たきりの患者の方を興毅は指さした。興毅もこれから一人換えるので、手分けをした方が早い。寺池は聞こえていなかったのか、興毅が指さしたのとは違うベッドのカーテンを引き、患者に声をかけ出した。興毅は眉間に皺を寄せたが、きっとしてくれるだろうとこれから自分がおむつを交換する患者のベッドのカーテンを引いた。

ベッドの横にある棚からおむつを手に取るとカーテンの隙間から寺池が患者の手を取りながら歩くのが見えた。興毅はカーテンの間から顔を覗かせた。

「お手洗いに行きたいとおっしゃるので、付き添ってきます」

興毅はぎこちなく頷き、遠ざかっていく寺池を見送った。早くスタッフルームに戻りたかった。これが終わったら、報告書に軽く記入してから昼食にありつける。二人分のおむつ交換をしなければならないのかとカーテンを閉じて中に戻る。胃ろうをしている老人が横になっている。起きているようで、小さな目が興毅の方を見た。

「おむつ、交換、します」

耳に口を近づけて、単語を区切って話す。わかっているのか、いないのか、老人は興毅を見たままだった。興毅は布団をはぎ取った。強い臭いが鼻を刺してくる。口で息をし、老人に向き合う。

浴衣のようになった寝間着に包まれた身体は、マットと同化してしまっているのではないかと疑う程に痩せ細っている。興毅は息を止めたまま、腰の辺りにある結び紐に手をかけた。広げると、籠っていた臭いがぐわりと盛り上がり、咳が出てしまった。老人の口は開き、鼻に鼻水が固まっているのが見える。鼻呼吸をしていないのだと思う。喉の奥で咳払いをし、おむつのテープを剝がした。両膝を持ち上げて広げると、べっちょりとした黄土色が白いおむつに滲み広がっている。自然と頰がひきつる。

興毅はお尻拭きに手を伸ばす。二枚取り出し、骨が浮かんだ尻を拭く。おむつを抜き取り、くるくると汚物をこぼれないようにまとめ、パイプ椅子の上に一旦置いた。新しいおむつをあてようとして老人に向き合うと、老人がまた漏らしていた。

「あっ！」

驚きの声が興毅の口から飛び出した。老人は視線を上に向けたまま動かない。マジかよと興毅は呟く。これからしなければならない事が頭の中を駆ける。拭いて、おむつを当てて、起こして椅子に座らせ、シーツを取り、マット、そうだ、マットは無事か。一人では難しい。寺池を呼ぼうとカーテンを開いて外に出た。強い視線を感じた。寺池が興毅を見ていた。じっと見られているのが気持ち悪いくらいで「どうかしました？」と聞いた。寺池は興毅が出てきたベッドの方を見てから、興毅に視線を戻した。

「どうかしたんは、小沢さんの方やないの。大きな声出して、何なん」

責めてくる口調に興毅はすぐに言葉が出ず、身体が下がる。寺池が興毅の横からカーテンの中を覗き、興毅を睨みつける。

「こんな寒い日に、あんな状態で置いといてええわけないやろ」

「違うんですよ。あの、お漏らしをされて」

「他の人がおる前で、そんなん言うたらあかんやろっ」

興毅は目を見開いた。自分だってこの前も、「嫌やわぁ、誰かが大便しているわ」と言ったのを見舞いに来た家族に聞かれて、堀内に注意を受けていた。

「きっとマットもあかんわ。小沢さん、早くベッド持ってきて」

興毅は頷いて、ベッドを取りに向かった。

もう一人のおむつも興毅が換え、病室を後にした。トロッコを押していても、寺池がチラチラと見てくる。

「二月ってすぐに日が経ちますよね」

いつもは言わないような話題を振ってみる。寺池は前を向き、「一月は行く、二月は逃げる、三月は去るっていうからね」と定型文のような返事をしてから「そう言えば」と歩く速度が遅くなった。

「水野さん、三月で退職するって聞いた？」

興毅の歩く速度も遅くなる。水野の大き目の胸が浮かび、「彼氏に、二箱もいるの？　って聞かれたんですけど、正解でしたね」と言った声が流れる。

「結婚、ですか？」

「ちゃうみたいやで。というか、あの子彼氏おらんやん」

鼻で笑うのを見て、笑われているのはどっちだとトロッコを押す腕に力を込める。寺池は興毅を見上げ「転職」と口をはっきり動かす。

「どこにですか」

「そんなん知らんわ」

「同じ業種ですか」

「せやから、知らんって」

叱るような口調で言われ、寺池はスタッフルームに入って行った。興毅もトロッコを押して続いた。部屋の端の定位置に置き、患者達の報告書を取りに棚に向かった。

寺池が他のパート達と話し始めたので名前を呼んだ。寺池が担当した患者は彼女に書いてもらいたい。振り返った寺池は、明らかに興毅を睨みつけてきた。寺池と話をしていたパートも、強い視線で刺してくる。

「報告書ですか。わかっていますから。おいといて下さい」

寺池の口調に、今まで露骨にはなかった見下すような臭いがあり、興毅は奥歯を噛んだ。指を握りしめ、「寺池さん」とわざと低い声を作って呼んだ。一歩、一歩と近づく。寺池の睨む力が緩み、顔が引きつっていく。それだよと興毅は思う。立ち位置を間違えてはいけない。お前は、パートだ。後ろにいるパートの顔が下に向いていく。それでいい。

興毅は肩を掴まれた。山中だった。険しい顔で興毅に首を振る。山中は寺池の方を見て「早く書いて、お昼にしちゃってください」と柔らかい声を出した。寺池は「はーい」と若い女のような声を出し、興毅を睨みつけて棚に向かった。興毅が山中に向き直ると、ぽんぽんと肩を叩かれた。

「別にええやん。仕事はしてくれるんやから」

「そういうのが、僕らの仕事を余計にしんどくさせるんやないですか」

山中にだけ聞こえる声で呟くと、山中は下を向き「面倒くさいこと言わんといてくれ。うまいこと使ったらええねん」と口早に答えて離れた。

「小沢君も早く報告書仕上げへんと、お昼ご飯の時間減るで」

昼の時間は一時間もらうと思いながら報告書を手に取ると「一時から食器回収しなあかんで」と山中が追い打ちをかけてきた。顔を上げると大きな背中がパソコンに向かっていく。

「今日、一人足りてへんから。お互い様やから」

インフルエンザでまた一人休んでいる。興毅は時計を見た。十二時二十分近くになっていて、クソがと口の中で呟いた。

マンションの洗面台の前に立った。湯の蛇口を捻り、ポケットからスマホを取り出した。さっき、バイクを停めてから部屋に向かうまでの間に見ていたサイトを立ち上げる。バックが黒色で白黒の写真が並んでいる。その写真のどれもが兵士が現地民に暴行を加えている写真だった。

いくつかスクロールし、写真の一つ一つに丁寧に添えられている管理人のコメントを読んでいく。四つ目で蛇口から湯気が上がっている事に気づき、興毅は慌ててスマホをポケットに入れ腕を捲った。いつから湯気が上がっていたのか気付かなかった。

いつものように殺菌力の高いハンドソープを手のひらに受け、両手を擦り合わせ、仕事を落とす儀式を始めた。

手と顔を洗い終わり、タオルでぬぐいながら台所に戻る。テーブルの上に置いている弁当をビニール袋から取り出し、袋の周りについていた水滴で濡れた手をタオルでまた拭く。薬缶をコンロにかける。急須を手に取り、ふやけたお茶っ葉を三角コーナーに捨て、またポケットからスマホを取り出した。

白黒の写真の中で、タバコを口にくわえている兵士が木の下で座り、遠くを見ている。彼の後ろでは女の足が写り、男が上に乗っている姿がぼんやりと写っている。

仕方がないのか、とタバコをくわえている兵士に問う。

スマホが手の中で震え出した。びくりと両肩が持ち上がる。母からの着信だった。通話のボタンを押し、白黒の写真を見ていた事を知られたわけでもないのに「もしもし、母さん」と思っていた以上に優しい口調で呼びかけていた。

「興毅、今まだ病院か？」

母の後ろから音はしない。また、一人の時に電話をしてきているのかと唾を飲み込む。「いや、もう家やよ」と興毅は言った。

「興毅、あんな、落ち着いて聞いて欲しいんやけど」

スマホを握る指に力が入って行く。何だ？　母の声が上擦っているように聞こえる。あんな、とまた母が言った。

「詠美が、流産してん」

息が詰まった。よくある事だ。興毅の勤めている病院の産婦人科でも起こっている。しかし、妹がそうなるとは考えた事もなかった。

「急やってん。ほんまに、急で」

「詠美は大丈夫なんか？」

無音になった。聞こえていなかったのかと母を呼ぶ。うんと言ったのが聞こえ、同じ質問を繰り返した。

「身体は大丈夫やねんけど。すごく不安定になっている」

「そら、流産したんやったらなぁ」

「それもあるんやけど、流産したのは興毅のせいやって、えらい泣いていて」

「はぁ？」

強い口調で口から飛び出した。「俺は関係ないやろ！」と続ける。妊娠を知ったのはつい最近で、詠美に会ったのも一月の一度きりだ。それが、どうして。

「この前、家に帰って来た時に喧嘩になったやろ。その時から詠美ちゃん、ずっと興毅の言葉を気にしてたんやって。働けって言われたんが、気になって仕方がなかったんやって。それで、眠れなくなって流れたって」

「そんなん言いがかりやんか。母さんそれ信じてんの？」

「お母さんも、それは違うとは思うんやけど、それでも」

「なんやねんそれ！　思うやないやろ。俺は関係ないやろ。流産したのは詠美のせいやろ！」

母が長く息を吐き出すのが聞こえて来た。「誰のせいでもない」と母が声を震わせる。

「電話したのは、詠美ちゃんが起きたら興毅に電話するって怒鳴っていたからやねん。先に電話しとこうと思って。興毅、赤ちゃんが流れて一番傷ついているのは、詠美ちゃんやで。それは、頭の中に置いておいてな」

「それって、結局、詠美をかばっているって事やんな」

「興毅、落ちついて」

「せっかく渡した金を返してきたり、生活費かって送ってやってんの詠美は知ってるんか」

「そういうとこやで。そうやってきつい言葉を投げるから」

「別にきつい事なんて何も言うてへん。ほんまの事やんか」

「とにかく、電話はさせないようにするけど、もしかかってきたとしても、詠美の事わかってあげて」

「俺の事はわかってくれへんのにかっ」

そう叫んでも、母からの通話は切れた。薬缶がカタカタ鳴っているのに気づいて火を止める。興毅はお茶っ葉を入れ、急須に湯を注ぎ、唇を嚙んだ。誰も、自分の事はわかってくれない。京子の顔が浮かび、山中、堀内、片岡、水野が流れ、北口の欠けた足の指が見えた。丸くなった蛇がぐるぐる回り出し、興毅はスマホを手に取り、さっきのホームページを開けた。

指先で画面を流していくと、昂ぶっていた気持ちが落ち着いていく。

急須に注いだ湯が冷めるまで、検索し続けてしまっていた。


昼の休憩を取ろうとスタッフルームに入るとパート達が休みの話をしているのが耳に入って来た。この日は絶対に休みたい、この日は夫の母の病院についていかなくてはいけないと張り合っている。

興毅はドアを閉めた。力を入れたわけでもないのに、ぶつかる音が響き、パート達が振り返って興毅を見てきた。視線を奥歯をぐっと嚙んで耐える。この前からパート達の興毅に対する接し方がどうもおかしかった。少し前は89の事になると呼んだり、休憩中も興毅がいると静かになり、タイムカードを押すのもすぐであったのに、今は興毅の目を気にしないようになっている。いや、気にしないようにしようとしている。

パートの一人が興毅に近づいて来た。以前三連休を取った事を興毅に皆の前で槍玉にあげられた発表会のパートだった。興毅に出勤表を差し出して来た。興毅の眉間に皺が寄る。まだ白紙のカレンダーのようなそれをさらに近づけてくる。

「小沢さん、お先にお休みになられる日を記入して下さい」

口元に笑みを浮かべている。興毅は首を傾げた。いつもパート達が記入し、正職員はその間で取れそうな日を埋めていく。先に記入していいと言われたのは初めてだ。

「どうしてですか」

発表会の後ろに、さっき一緒に休みの話をしていたパートが立った。同じように笑みを浮かべている。可笑しいのを堪えているというような。

「私達パートですから。先に決めてもらうのがほんまは普通なんかなって」

「いや、別に。パートとか、そういうのって」

何だと興毅は思う。今までこんな事を言ってきた事はなかった。胃を揺さぶられるような気持ちの悪さが起こる。パートから笑みが消え、興毅をじっと見て来た。どう反応する？　と観察してくるような視線に「いや」とまた口からついて出る。

「特に予定ないんで、先に決めてもらって」

発表会が「いいんですか」と睨み上げてきた。興毅も視線に力を入れる。ここまで舐められたくはない。

「いいも悪いも、今までそうやって来たやないですか」

怒りをいくらか滲ませるとパートの二人は顔を見合わせた。発表会の後ろにいたパートが発表会の肩に手をかけ「それではいつも通りに決めさせてもらいます」と言った。

「考えて決めて下さい。よく考えて」

同じ日に何人も休みを被らせてくんなよと睨み返す。パート達は出勤表を下げて離れていった。すうっと肺が軽くなり、興毅は小銭入れを取りに向かった。院内のコンビニに昼飯を買いに行きたかった。

ドアを出ると後ろから呼び止められた。堀内が興毅の横に並んだ。

「私もコンビニに行こうと思って」

堀内がコンビニで昼を買う事はよくある。けれど、誰かと一緒に行くのは珍しい。主任の昼休みはいつも十五分程度でおにぎりを二つ、お茶で流し込んでいる。それもパソコンを叩きながらや休みを取りたい、仕事を楽にして欲しいというパート達の悩みと称した苦情を聞きながらで、ゆっくり一時間取っているのを見た事がない。

興毅は一時間取るようになった。山中は興毅だけの日は以前よりも長く休憩時間を取るようになった。全員が一時間取るようにしないから、この人は十五分でいい、この人は必ず一時間というような歪みができる。堀内はそこをわかっていない。仕事を終わらせなければいけないからと自身の時間を削る。そうして、どんどん自分が仕事を抱え十五分の休憩さえも危うくなっていく。仕事を人に割り振って行くのも堀内の仕事であるのに。

階段を降り始めると「小沢くん、田中さんに何かした？」と堀内が言った。見下ろすとショートカットの髪から、白髪が何本か見える。

「何号室の田中さんですか？」

89の事だと思いながら、聞き返す。病院に田中はいたるところにいる。堀内は足元の階段を確認するように降りながら、89の病室を告げた。

「何かって、何ですか」

89の尿の色がちらつく。がくがくと震える足が見える。夢やからとつぶやく声が聞こえてくる。聞いただけ。どんな夢を見ているのかを聞いただけ。

そして、教えてくれていない。

堀内はゆっくり降りる。早くして欲しい。三階から一階まで降りるのに、いつも一分もかからない。休憩は一時間でも短いと思っているのに。

「最近、田中さんの認知症がひどくなっているとは思わない？」

「そうですかね。もともとあんな感じやったと思いますけど」

踊り場をすぎたところで、堀内が立ち止まった。興毅も立ち止まる。駅前で買ってくれば良かったと思う。堀内は床を見たままで、興毅の方を見ようとはしない。

「小沢くん、田中さんに当たり強くない？」

「そんなことはありません」

心臓の動きが速くなるのを感じる。堀内が顔を上げる。その視線を受け止める。今、逸らしてはいけない。

「強く腕を握ったりしていたでしょう」

「水野さんに危害を加えて、主任に家族に言って欲しくないと暴れだした時ですか」

堀内の前で89に力を使ったのは、水野の目に89の指が入った時だ。堀内にも殴りかかろうとしていた。あれは、止めるべき時だった。堀内は首を振る。

「あの時じゃない。それからっていうか」

「介護はしています。そういう時に力が入る事もあります。でも、意図的に腕を強く握るなんて事はしていません」

すごいなと自分で思う。人はこんなにも簡単に嘘をつける。これだから人は人を信用できないと知っている。堀内の目に興毅が映る。見極めようとしているようだとわかる。いつもの人のよさそうな目が影を潜めている。

「この仕事は人を相手にしている仕事やって、わかってくれていると思う」

興毅は頷く。堀内の目の下にはいつものように隈がある。それに反して声に力が入っていく。

「高齢者の場合は、少しの対応のずれが、こっちとしては少しであったとしても、相手にとっては酷くずれてしまう事も多いというのもわかってくれていると思う」

眉間に皺が寄る。そういう事を言うタイプではなかったはずだ。いつも、困ったように笑って、全部を引き受け、自分で自分を苦しめる人だろう。心臓の動きが加速する。

「何が、言いたいんですか」

堀内が瞬きをする。視線は外されない。「正直に言うわ」と小さな声を出した。上と下に視線を向け、足音がしない事を確認すると興毅に近づいた。

「田中さんに意図的に力を加えた事があるよね」

「していません」

どれを見られた？　堀内が見ていたのか、誰かから聞いたのか。白黒の写真が頭の中に流れだした。暴行を加えている写真。今すぐあの写真を見たいと興毅は思う。どうしても、今すぐ見たい。

「ほんまに田中さんに何もしていないの」

「していません」

さっきと同じトーンで言うように心がける。少しでも強い口調になってはいけない。弱くもなってはいけない。やっていない。俺は何もにはしていない。支えようと少し力が入っただけ、他の人に危害を加えようとしたから腕を少し押さえただけ、いつもの会話をしただけだ。

堀内の視線から力が抜け、逸らされる。階段を降り始め、興毅は後ろからついていく。

堀内の前で力を加えた事はない。いや、他の人の前でも見られるような事はしていないはずだ。それなのに、急にどうして。

「あの、俺、本当に何もしていません」

「わかった」

表情は見えないが、いつもの柔らかい声に肩に入った力を抜きながら、山中、水野、寺池、パート達の顔が浮かんでは沈む。意図的に力を加えた。請われたから。そうして欲しいと彼らが望んだから。力を加えると静かになった。必要なことで、仕方がなかった。堀内の背中を追いかけて階段を下りた。

灰白色の床の廊下は、絞られた明かりで霞んだようになっている。その中を興毅は一歩一歩確かめるように進んでいった。

身体が重い。五日連続夜勤だった。本当は日勤のはずだったのだが、山中と交代した。山中の子供がインフルエンザになり、奥さんにもうつったそうだ。日中は義母が看てくれているが、夜は帰りたいとお願いされた。

パート達と関わる機会が減るので、興毅としては良かった。パート達の興毅への態度はますますおかしくなってきている。無視してくる者もあれば、無駄に親しく話しかけてくる者もある。興毅の出かたを試しているようだった。

廊下を進んでいると遠くから呻くような声が聞こえてきた。89の声だと興毅はわかる。トロッコを押す腕に力を入れなければいけないが、行きたくないという気持ちが頭をもたげる。また、何を言われるかわからない。皆のためにしていたのに。

呻き声がもれている病室はやはり89の病室だった。一緒に夜勤に入っている水野は仮眠中だった。89のベッドに付けられているナースコールから看護師を呼ぼうと興毅は病室に入った。

89のベッドの周りを囲んでいるカーテンが震えている。どうしましたと興毅が声をかけたが、呻き声は止まらない。興毅はカーテンを開いた。

興毅は後ずさりをした。中では89はベッドの上で三角座りをしており、北口がベッドの横で立て膝をし、額を89の足の甲につけている。興毅は前に進む事も下がる事も出来ず、二人を見た。呻き声だと思っていた89の声が話し声に変わって行く。もう少しと呟いている。

「もう少し、もう少しや」

北口が89の足の甲に額を擦りつける。北口が、怖いと言った。興毅は自分の目が見開いていくのを感じる。八十を過ぎた老人の声ではなかった。子供の、小さな子供の声がした。

「敵は全滅する。もう少しの辛抱や」と89が言った。

「ソ連兵は来ない？」と北口が問う。

89は自分の膝を抱えながら、頭を埋めていく。怖い、怖いよと北口が呟き続ける。興毅は唾を飲み込んだ。その音が身体の中で響き、二人に聞こえはしなかったかとマスク越しに口を押さえた。

北口が頭を上げた。心臓の音がうるさいくらいに鳴っている。興毅は一歩後ろに下がった。早く、この場から離れないといけないと思う。ここにいてはいけない。89をここまでにしたのは、俺か。俺なのか。

北口が興毅の方を見た。暗くてどんな顔をしているかわからない。

「そんな所にいちゃ、だめだよ」と北口が言った。89も顔を上げ、興毅を見る。黒い顔があった。

「そんな所におったらあかんっ！」

89はベッドの上に立ちあがり、吠えた。

「見つかってしまうやろっ」

ベッドから降り、興毅の腕を掴む。興毅の口からヒッと慄(おのの)く声が漏れ、89の腕を力任せに振りほどく。89が弾かれ、後ろによろよろと下がる。

「こっちに来い！　こっちにおれっ。お前が見つかったら、皆殺される。こっちに来い！」

興毅は首を振った。違う。俺のせいじゃない。俺がこうしたわけじゃない。89が勝手にこうなった。俺は何もしていない。膝ががくがくと震えるのを感じ、身体が前後に揺れ始め、腰に力が入らない。看護師を、医師を呼ばなければいけないと思うのに、動けない。

「お兄ちゃん、駄目だよ。そんな所にいちゃ。ソ連兵にやられちゃうよ」

シッと89が北口を見て口に人差し指を当てた。パタパタと足音がこっちに向かって来る。89と北口が音のする方に視線を向ける。興毅もそれを追う。看護師が病室に入って来た。五十代くらいの女で、興毅を見て「話し声がすると言われたんですけれど」と首を傾げた。

「ソ連兵だ！」

北口が叫んだ。89がベッドに戻って布団を頭から被る。看護師が興毅の横に立ち、カーテンの中を覗いた。その顔が引きつってゆく。看護師が二人の名前を呼んだ。89は布団を被ったまま動かず、北口は興毅と看護師を交互に見て、「お兄ちゃん」とさらに幼くなった声で呼ばれる。看護師が興毅を見た。興毅はぶるぶると首を振る。

「俺は何もやっていません。本当です」

看護師の眉間に皺が寄り、興毅から離れる。「本当なんです」と繰り返すと、さらに看護師は後ろに下がった。俺のせいじゃないと口の中で呟き、興毅は北口に近づいた。「なぁ」と肩を摑む。

「俺は何もやってへんやんな？　わかってくれるやんな」

北口が首を傾げた。

「何をわかって欲しいの？」

「北口さん、しっかりして下さい。北口さん！」

北口の肩を摑み、前後に揺さぶる。北口はわかってくれていた。日々の仕事に感謝の言葉をくれ、シュークリームをくれ、実家に居場所がない事も言わなくても気付いてくれた。手に力が入って行く。わかってくれていたやないか――

「ねぇ、何をわかって欲しいのさ」

興毅の肩から力が抜ける。そのまま床に膝をつける。先生を呼んできますと看護師が言い、足音が遠ざかって行った。何を、わかって欲しかったのか。本当にわかって欲しかったことは何なのか。わかって欲しい事など、もともと持っていなかったのではないか。

「蛇だ」と北口が言い、興毅は顔を上げる。目が合い「お兄ちゃん、蛇だ」と興毅を見ながら言う。

「蛇は、まだ尾を食べているのか」

興毅は聞いた。北口は大きく頷く。

「蛇はその後どうなるんや」

「尾を食べ続けるんだよ。その蛇は尾を食べているなんて気づいていないから。口に目一杯頬張りながらぐるぐる回るんだ。動けなくなるまで、ずっと。ぐるぐる、ぐるぐる」

北口は焦点が合っていない目で興毅を見て、ぐるぐると唱え続けた。


片岡の退院の日がやって来た。興毅も手伝って荷物をまとめる。入院が思ったより長引いたために、荷物も多くなっている。徐々に捨ててはいたが、ボストンバッグ一つでは収まらないようだった。

誰も手伝いに来なかったなと片岡を見る。今朝まで着ていたパジャマを畳み、鞄に入れようとしている。いつもより五歳若く見えるのは、入院生活で伸びてしまった髪が梳かされ、薄ピンクのセーターにベージュのズボンが良く似合っているからだろう。化粧をした血色のいい頬が持ち上がっているように見える。

「手伝ってもらって、すみませんねぇ」

「いえ、片岡さんにはこちらこそよくしてもらって」

そうだと思う。片岡は本当にやりやすい患者だった。品が良く、一緒にいて疲れる事はなかった。それでも、退院を手伝っているのは興毅だけなのだ。見舞客がどうして来なくなっていったのか、何となくわかる。遺産、金だと思う。片岡が腕時計を見た。その腕時計は、きらきらとしていて、ブランド物に詳しくない興毅でも高価なものだと一目でわかる。

「タクシーを頼んでもらいましたけれど、急いだ方がええんでしょうか」

「今日は混んでいるので、三十分程度みといてくださいと言われたので、まだ大丈夫かと」

ふうっと息を吐くのを見て、「迎えはないんですね」と口が動いた。片岡は興毅を見て、ふわりと笑った。

「タクシーで帰れますから」

余裕のある笑みに、何か言いたくなるのはどうしてだろうと奥歯を嚙む。腑に落ちない。人を傷つけただろう人が、こんなにも晴れやかな顔が出来るのかがわからない。89と北口の顔が浮かんだ。二人ともあのあとすぐに違う病院に送られた。肺が苦しくなってきて、意識的に大きく息を吸い、吐き出す。

片岡がコートに腕を通し、鞄に手をかけようとした。興毅が持ちますと手を伸ばすと掌を向けてきて、やんわりと断られた。

「お忙しいでしょうから、ここで十分です」

「でも、重たいでしょうし」

「これくらい、大丈夫ですよ」

寂しくないんですかと興毅は心の中で聞く。寂しくあって欲しいと願っている。片岡はぐっと鞄を持って、ベッドから下ろした。背筋が伸び、さっき五歳と思ったが十歳若返って見える。

「明日はお友達に会う約束をしているから、とっても楽しみで」

興毅は自分の目が細くなっていくのを感じる。まぶしいと思う。七十を越えた老人がとてもいきいきとしている。これからしたいことがある人は、こんなにも眩しくて、嫌だ。片岡が頭を深々と下げた。

「ありがとうございました」

「いえ、こちらこそ。お元気で」

こんな事を言いたいんじゃないと興毅は思う。けれど、この言葉しか出て来なかった。片岡はいつものようににこにこと頬笑み、出て行った。興毅は後ろをついて行く事が出来ず、すぐにしなくてもいいのに、布団を畳んでシーツを取る作業にかかった。

水野が通りかかるのが目に入った。「手伝いますよ」とやって来る。ベッドの反対側からマットをおおうシーツを引き抜いてくれる。胸が目に入り、「水野さん、辞めるんだってね」と興毅は言った。水野が手を止めた。顔を上げ、興毅を見て、歯を見せて笑った。

「はい。お世話になりました」

またシーツに視線を戻す。逃げるが勝ちと以前呟いた水野の声が蘇る。水野は逃げるのだと思う。逃げてしまうから笑う事が出来る。

今度は興毅が手を止めた。水野は求めたじゃないかと思う。自分に縋ってきた。だから、仕方がなく、仕方がなかった。

名前を呼ばれた。興毅が顔を上げると水野が「どうしましたか」とまた歯を見せて笑い、首を傾げた。興毅は「いや」と首を振り、シーツを取る作業に戻った。

これが終わったら、いつものサイトを見ようと思う。早く、早くと手に力を入れていくと白黒の写真が目の前に浮かび上がった。

いつから、と興毅は思う。いつからこんなにも、と冷え出した指先を太ももの上で擦った。

初出

狭間の者たちへ　「新潮」二〇二三年二月号
尾を喰う蛇　　　「新潮」二〇一九年十一月号

装画　赤

中西智佐乃
なかにし・ちさの

1985年、大阪府生まれ。同志社大学文学部卒。2019年、「尾を喰う蛇」で新潮新人賞を受賞しデビュー。21年、「祈りの痕」を発表、女性労働者の連帯を描いた作品として話題になる。23年、三作目となる「狭間の者たちへ」を発表。本書が初の単行本。

狭間(はざま)の者(もの)たちへ

発　行　2023年6月30日

著　者　中西智佐乃(なかにしちさの)
発行者　佐藤隆信
発行所　株式会社新潮社
〒162-8711　東京都新宿区矢来町71
電話　編集部　03-3266-5411
読者係　03-3266-5111
https://www.shinchosha.co.jp
装　幀　新潮社装幀室
印刷所　大日本印刷株式会社
製本所　加藤製本株式会社

ISBN 978-4-10-355111-9 C0093

荒地の家族 佐藤厚志

あの災厄から十年余り。妻を喪い、仕事道具もさらわれた男はその地を彷徨い続けた。仙台在住の書店員作家が描く、止むことのない渇きと痛み。第168回芥川賞受賞作。

象の皮膚 佐藤厚志

皮膚が自分自身だった――。五十嵐凜、書店員6年目。アトピーの痒みにも変な客にも負けず、心を自動販売機にして働く女性の生きづらさをリアルに描いた話題作。

1R1分34秒 町屋良平

なんでおまえはボクシングやってんの? デビュー戦を初回KO後、三敗一分。自分の弱さをもてあます21歳プロボクサーが拳を世界と交えたとき。《芥川賞受賞作》

ショパンゾンビ・コンテスタント 町屋良平

おれは音楽の、お前は文学のひかりを浴びて、ゾンビになろう――。音大中退の小説家志望の「ぼく」、親友は魔法のような音を奏でるピアニストの卵。新・音楽小説!

首里の馬 高山羽根子

この島のできる限りの情報が、いつか全世界の真実と接続するように――。世界が変貌し続ける今、しずかな祈りが切実に胸にせまる感動作。〈芥川賞受賞〉

道行きや 伊藤比呂美

「あたしはまだ生きてるんだ!」今日は熊本、明日は早稲田、犬と川べり、学生と詩歌――人生いろいろ日常不可解、ものを書きつつ過ごしてきた。人生有限、果てなき旅路。